I0655900

COMMENT

# TOUT FINIT.

PAR

## Mᵐᵉ A. Dupin.

N'appelons heureux que celui qui a fini
ses jours dans une douce prospérité.

ESCHYLE.

II

PARIS,

MARESCHAL ET GIRARD, EDITEURS,

RUE DE SEINE-SAINT GERMAIN, 64.

1838.

# COMMENT

# TOUT FINIT.

# Romans du même Auteur.

——

PARIS. — IMPRIMERIE DE BOURGOGNE ET MARTINET,
Rue Jacob , 30.

# COMMENT

# TOUT FINIT.

PAR

## M<sup>ME</sup> A. DUPIN.

N'appelons heureux que celui qui a fini
ses jours dans une douce prospérité.

ESCHYLE.

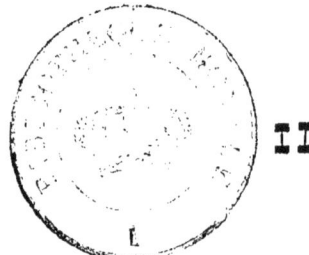

II

## PARIS,

MARESCHAL ET GIRARD, ÉDITEURS,

RUE DE SEINE-SAINT-GERMAIN, 64.

1858.

# OU DONC EST LE BONHEUR?

## Que voulaient-ils?

Salomon et Job ont le mieux connu la misère de l'homme, et en ont le mieux parlé. L'un le plus heureux des hommes, et l'autre le plus malheureux : l'un connaissant la vanité des plaisirs par expérience, l'autre la réalité des maux. *Pascal.*

La plainte du crocodile attire, dans sa fausse douleur, le voyageur compatissant. *Shakespeare.*

Il était jour. Les petits oiseaux s'agitaient mélodieux sur les buissons et les arbres éclatants de fruits et de fleurs. Tous secouaient leurs ailes trempées de la rosée de la nuit. Puis, avides d'espace et de

vie , quelques uns s'abandonnaient au
vent et parcouraient les champs illimités
du ciel; d'autres, plus timides ou plus pa-
resseux, sautillaient sur l'herbe. Du fond
des beaux épis mouvants, l'alouette montait dans l'air et semait sur son passage de
vifs et joyeux couplets. Les prés attendaient les troupeaux qui déjà étaient en
route. Toutes les plantes qui s'étaient en-
dormies, soulevaient leur front languissant
de désir, déployaient leurs pétales aux bril-
lantes nuances et se faisaient odorantes et
voluptueuses. La création entière s'éveillait
pour vivre et pour aimer. Un seul être
souffrait , seul il avait des soupirs ou des
malédictions; c'est qu'il disait *hier, demain*;
c'est qu'il donnait à cette terre des sueurs
ignobles; c'est qu'il s'épuisait en vains
efforts pour trouver l'emploi de ses facultés et pour combler le vide immense de

son cœur. Ce monde charmait toute créature; lui, s'y ennuyait. Il appelait des soleils
plus beaux, des mers plus vastes et plus
profondes, des champs plus fertiles, un
autre univers enfin. Il ne se disait pas que
le mal était en lui, et ce mal était l'instinct
de l'infini : mal sublime, mais dont la terre
ne pouvait le guérir.

La reine d'Angleterre venait de quitter sa
couche somptueuse. Ses yeux battus an-
nonçaient la veille ou bien un sommeil tour-
menté. Elle s'approcha indolente et rêveuse
de la fenêtre. D'abord son regard indifférent ne vit rien à l'horizon. Devant cette
partie du palais, s'étendaient les jardins ;
et, au-delà, la Tamise qui roulait ses eaux
larges et profondes. Une étincelle de curiosité jaillit tout-à-coup des yeux de Catherine Parr. Elle ouvrit la fenêtre ; et, pen-

chée en avant, elle chercha à distinguer
deux hommes qui s'avançaient dans une
barque éclairée par le soleil. Avant d'avoir
pu reconnaître leurs traits, son âme inquiète
les avait signalés comme deux ennemis :
l'un était l'évêque de Winchester, Gardiner,
et l'autre, le chancelier Wriothesely. Bientôt
elle eut la certitude de ne pas s'être trompée. Que venaient-ils faire au palais de
Henry VIII avant même qu'un seul courtisan s'y fût montré encore? Involontairement elle frémit. Le roi demeura enfermé
plusieurs heures avec eux sans qu'un seul
être eût la liberté de troubler ce mystérieux entretien. Des flots de grands seigneurs se pressaient pourtant dans les salles magnifiques qui précédaient la pièce
où il était défendu de pénétrer.

— Le royaume serait en péril, disait le

vieux duc de Norfolk, qu'il n'y aurait pas
de mesures plus sévères  Qu'est-ce donc
qu'un Gardiner et un Wriothesely pour que
tant d'hommes de race antique et de valeur
éprouvée fissent piteusement le pied de
grue dans les antichambres du roi, en l'honneur de tels hommes? Ne pensez-vous pas,
nobles lords, dit-il avec un amer dédain,
que l'office de bourreaux conviendrait
mieux à tous deux que celui de conseillers?

— Ne blâmons pas Sa Majesté de ses
préférences, répondit Cranmer avec une
douce autorité.

— Vous n'avez pourtant guère sujet de
vous louer de Gardiner, répliqua sir Thomas Seymour. Avez-vous donc oublié l'événement où il se montra un de vos ennemis
les plus ignobles et les plus acharnés? C'était
peu d'avoir aidé à vous mettre sous le

poids d'une accusation capitale, il souffrit
bien qu'on vous laissât, vous, homme
d'église comme lui, vous, archevêque de
Cantorbéry, confondu avec la valetaille,
en attendant qu'il plût à tous les superbes
de vous recevoir comme suppliant! A mesure que sir Thomas Seymour parlait
ainsi, le duc de Norfolk, qui était au nombre de ces *superbes*, prenait une attitude
froide et imposante. Sir Seymour continua : On dit que ce fut un spectacle risible que la stupéfaction de toutes les Gran-
deurs, quand vous montrâtes, d'un air
modeste et pourtant assuré, l'anneau que
vous avait donné le roi en signe d'attache-
ment et de protection. Puis le roi exigea
qu'on vous embrassât, vous dont on avait
espéré la tête! (1) Ce fut un moment divin

(1) Burnet.

pour Sa Majesté ! Mylord duc de Norfolk, dit sir Seymour en élevant la voix, vous étiez à cette comédie, et sans doute vous avez regardé Gardiner donnant le baiser de paix au bon archevêque de Cantorbéry. Il devait faire une laide et sotte figure.

— La vôtre, sir Seymour, n'eût pas été plus belle en pareil cas, répondit le duc avec hauteur. Et je m'étonne que vous vous égayiez aux dépens des actes voulus par votre maître.

— J'attaque les acteurs de la pièce, mylord duc, et non celui qui l'a fait jouer. Ils y mirent beaucoup d'adresse; vous par exemple, qui aviez également accusé le bon archevêque de prêter son appui secret aux fauteurs religieux, vous prétendîtes plus tard que votre intention à tous n'avait été que de donner plus d'éclat à l'in-

nocence de Cranmer en l'examinant sé-
vèrement. Excellente raison !

Le duc regarda sir Seymour d'un air
menaçant.

— Il y a long-temps que j'ai tout oublié,
dit Cranmer ; pourquoi veut-on se souvenir à ma place ?

En ce moment, le comte de Surrey,
fils du duc, quitta de jeunes seigneurs qui
s'étaient groupés autour de lui pour entendre un de ses élégants sonnets, et il vint
rejoindre son père. Le vieux duc, sans s'in-
quiéter de ceux qui l'entouraient, se débar-
rassa de ses pensées amères.

— Sa gracieuse Majesté, dit-il, a les mérites les plus hauts ; nul ne saurait l'é-
galer en lumières et en talents de bien
gouverner : je ne lui connais qu'un tort,

c'est sa tendresse pour les hommes nouveaux. Les vieilles races languissent dans
l'oubli et dans une oisiveté qu'elles maudissent et renient, pendant que des êtres de
rien occupent les charges les plus écla-
tantes : c'est pitié vraiment !

— Quand les vieilles races sont abâtar-
dies, proféra sir Seymour, quand elles
n'ont plus de vie au cœur, qu'y a-t-il de
plus sage que de les remplacer ? Avez-vous
jamais vu qu'on laissât les cadavres infec-
ter l'air des vivants ? N'est-ce pas dans les
entrailles de la terre qu'on les engloutit
vite ? et nul n'y trouve à redire.

— Les hommes de rien, reprit le duc
de Norfolk emporté par la haine, sont
des fanfarons de vanité. Ecoutez-les faire
du bruit, se vanter impudemment pour
qu'on les croie nécessaires ; puis, comme

ils n'ont ni considération, ni biens de famille, ils entent par la prostitution de leurs
filles ou de leurs sœurs leur race de néant
sur une race illustre.

A cette allusion si offensante pour la
mémoire de Jane Seymour, les regards se
tournèrent sur le frère de cette troisième
femme de Henry VIII, pendant que le comte
de Surrey lui-même adressait à son père
un reproche muet. Sir Seymour contint
fièrement sa colère, car il ne voulait pas
accepter l'infamie pour les siens; mais à
quelques minutes de là, il avait échangé
des mots décisifs avec l'impérieux vieillard, et il lui avait demandé raison pour la
sixième heure de la matinée du surlendemain. Quand ils se furent séparés, chacun
des nobles adversaires se vit entouré de
ses amis.

La sortie de Wriothesely et de Gardiner vint bientôt distraire tous les esprits de cette querelle. Ils passèrent au milieu de ces flots de courtisans soumis ou silencieusement révoltés, en n'adressant la parole qu'au petit nombre. Des signes de tête, quelques gestes de protection gracieuse témoignaient surtout de leur souvenir. Jamais le front de Gardiner n'avait montré plus d'orgueil. Une joie immense débordait de l'âme de Wriothesely et exaltait ses traits : c'était à peine s'il la contenait sans compromettre sa dignité.

— L'évêque, remarqua un jeune lord, semble avoir conquis la terre ; et le chancelier n'aurait pas l'air plus heureux si, de sa propre main, il avait torturé tous les hérétiques de l'Angleterre et de l'Irlande.

— Avez-vous observé le roi hier soir ?

demanda sir Anthony Denny à sir Seymour;
vous l'avez fait? Eh bien, aimiez-vous ses
brusques changements avec la reine?
Tantôt sa voix était caressante; tantôt
elle devenait rude, brève, sauvage même.
Deux fois j'ai vu Henry VIII regarder Catherine Parr avec des yeux qui l'auraient
fait trembler si elle les avait rencontrés. Faites votre profit de cet avis, sir Seymour.

— Ce langage est trop obscur pour que
je le comprenne, veuillez vous expliquer,
sir Denny.

— A votre place je serais moins réservé
ou moins curieux. Eh bien, vous le voulez,
avant d'être sur le trône d'Angleterre, Catherine Parr ne pensait guère à Henry VIII,
vous le savez, je crois? Mais soyez tranquille, je garderai ma conviction dans mon
sein. Nulle femme ne sera par moi envoyée

à l'échafaud; elle pourra bien d'ailleurs se
perdre elle-même, et subir un supplice
non moins funeste. Henry VIII a oublié le
langage qui divinisa la beauté de trois reines; il ne sait plus que discuter. Depuis quelque temps, Catherine agite avec Sa Majesté
des questions théologiques ; et l'on ne sait,
disent les courtisans inexpérimentés, lequel admirer le plus ou la vaste érudition
du roi, ou l'esprit ingénieux et solide, bien
que toujours empreint de tendresse et de
respect, que montre la sujette élevée, par
un caprice de cœur, au rang d'épouse et
de reine. Dans la dernière controverse elle
a embarrassé le roi et il a souri. Moins entière à son émotion d'orgueil, Catherine
aurait eu peur de ce sourire, tant il était
amer et sombre.

— Oui, dit Seymour, à deux époques de

terrible mémoire, ce même sourire s'est joué sur la face de Henry pour briser deux hautes destinées; celle d'Anne Boleyn et celle de Catherine Howard : et alors il n'était pas irrité par le mal, il pouvait marcher (1).

Bientôt les courtisans furent introduits auprès de Henry. Seymour n'y fit qu'une apparition, il se retira le premier.

(1) Henry VIII souffrait alors de son excessif embonpoint et d'un grave ulcère à la cuisse, formé depuis longtemps, mais qui augmentait chaque jour de violence. Il parcourait les appartements de son palais dans une chaise roulante.

## II.

## L'amour la défend de la haine.

Oh ! la fleur de l'Eden, pourquoi l'as-tu fanée,
Insouciante enfant, belle Eve aux blonds cheveux ?
Tout trahir et tout perdre était ta destinée ;
Tu fis ton Dieu mortel, et tu l'en aimas mieux.
Qu'on te rende le ciel, tu le perdras encore :
Tu sais trop bien qu'ailleurs c'est toi que l'homme adore.
Avec lui, de nouveau, tu voudrais t'exiler,
Pour mourir sur son cœur et pour l'en consoler !

*Alfred de Musset.*

Dans l'après-midi suivante, la reine était
dans son appartement avec deux de ses
femmes, Ellesmère et Maxham. La première s'approcha de sa maîtresse, comme
pour disposer avec plus de grâce la riche

dentelle qui ondulait autour de son cou.

—Madame, lui dit-elle, éloignez Maxham, j'ai un message à remplir auprès de vous. Ces paroles furent comme un souffle.

Catherine passa dans son oratoire, faisant signe à Maxham de rester et à Ellesmère de la suivre. Celle-ci fermait les portes à mesure qu'elles entraient dans une autre pièce.

—Eh bien, Ellesmère? demanda la reine·

—Que Votre Grâce se mette à genoux ; il ne faut pas qu'on se doute de rien. Maxham est vendue au chancelier, à l'évêque de Winchester ; elle est surtout vendue au roi.

L'épouse de Henry VIII mit le doigt sur sa bouche.

— Il y a un nom que tout Anglais ne doit prononcer qu'avec respect. Ma bonté vous enhardit, Ellesmère.

— Oh! ce palais!

— Tu as raison, dit Catherine d'une voix mélancolique. Les reines dans ce palais ont de terribles choses à appréhender. Ces murs, s'ils parlaient un jour, diraient des mystères qui ôteraient le sommeil aux yeux et la sécurité au cœur.

La figure de Catherine s'attacha au front d'Ellesmère, une interrogation s'y faisait lire. Ellesmère laissa errer autour d'elle un regard défiant et exercé. Ce fut avec une légèreté inexprimable qu'elle s'avança vers la porte.... elle écouta.... elle ouvrit.... Bien certaine qu'il n'y avait rien à craindre de ce côté, que tout y était silence et solitude,

elle s'assura que nul ne veillait derrière les
épaisses draperies, et revint du même pas
et avec les mêmes précautions, prendre la
place qu'elle avait quittée. Pendant ce
muet examen, l'œil inquiet de la reine avait
suivi les mouvements de cette femme.

— Sir Seymour demande une entrevue
à Votre Grâce.

La reine bondit comme si elle eût posé
le pied sur un fer ardent. Son visage, où
s'était montrée une rougeur errante, devint
aussi pâle que la violette blanche. Elle se
leva ensuite; et ce fut de toute sa dignité
qu'elle proféra ces paroles :

— Je pardonne à votre zèle indiscret;
mais vous auriez dû vous dire que l'épouse
de Henry VIII ne saurait avoir d'entrevue
mystérieuse avec sir Seymour. Que me
veut-il ? c'est bien de l'audace.

— Il assure que votre vie est menacée. Voyez-le, madame! Oh! voyez-le de grâce!

— A peine en Angleterre, dit la reine avec ironie, il a découvert ce que les autres ignorent encore.

— L'amour est pénétrant, madame.

— Tais-toi, Ellesmère, tais-toi! oublie à jamais que Seymour a aimé la veuve de lord Latimer, la libre et heureuse Catherine Parr. Ne sais-tu pas qu'ici les pierres rendent des accusations contre les reines.

— Il faut que Votre Majesté le reçoive, il le faut absolument !

— Si c'était une ruse, Ellesmère?

— Oh! il était trop ému ! Non, Madame, ce n'est pas une ruse. Rappelez-vous d'ailleurs la nature indomptable et fière de sir

Seymour; ce n'est pas lui qui sait marcher dans des voies tortueuses.

— Il les méprisait autrefois, c'est vrai. Mais il se perdra, Ellesmère, et je ne dois pas le souffrir.

— Sir Seymour a pris les plus grandes précautions pour arriver à moi. Sans doute il ne mettra pas moins de prudence dans l'entrevue qui vous aura pour objet.

— Comment échapper à la défiance jalouse du roi? Sir Seymour serait un vieillard, que moi, reine, je devrais encore trembler de me trouver seule avec lui.

— Enfin, Madame, que faut-il lui répondre?

— Eh bien, arrange tout cela, je m'en remets à ton affection. Le même sein nous a nourries, nous avons souvent dormi dans le même berceau ; je vois en toi une sœur.

— Catherine, ma reine !

Une larme d'Ellesmère tomba sur la main que la reine venait de lui tendre. Elle la baisa. Avant de retourner dans sa chambre , Catherine adressa une prière à celui qui gouverne les destinées de tous.

La lune répandait dans le ciel des clartés douteuses, quand la reine et sa dévouée Ellesmère se glissèrent , comme deux ombres, le long des cerisiers et des pommiers centenaires cultivés dans un des préaux du jardin royal. Catherine s'assit sous un berceau de feuillage tout près d'une échappée-de-vue. Ellesmère se mit à ses pieds.

— Vois, dit la reine tout bas, la nuit sera belle.

— Oui, répondit Ellesmère, le rossignol chantera. Il est triste et muet quand le ciel a des tempêtes.

— Mais le hibou jettera son cri funèbre aussi. Quand j'étais enfant, je croyais aux petites fées qui venaient à la chute des étoiles danser sur la pointe de l'herbe, et chanter de doux airs.

Toutes deux tombèrent dans un silence attentif. Neuf heures venaient de sonner à l'horloge du palais, quand sir Seymour fut secrètement introduit dans le jardin. Il s'avança respectueusement devant la reine d'Angleterre; et, soit qu'il attendît une question, soit qu'il eût besoin de se remettre de son agitation profonde, il ne dit pas un mot. Ce fut la reine qui parla la première. Sa voix était calme.

— Vous avez désiré m'entretenir, sir

Seymour ? Je suis prête à vous entendre.

A ces mots si simples, si différents du langage du passé, Seymour resta immobile et la regarda. La reine se tourna du côté d'Ellesmère, qui s'était placée à distance depuis l'arrivée de sir Seymour.

— Ellesmère, vous vous êtes trompée : sir Seymour n'a rien à nous dire.

Elle fit au jeune homme une inclination de tête gracieuse, prit le bras de sa suivante et se disposa à se retirer.

—Oh! Madame ! vous avez bien changé ! s'écria Seymour. Imposant silence aux orages passionnés de son cœur, il tira un papier de son sein, et le présenta à Catherine.

— Que signifie cela ? demanda la reine

offensée. Et de sa main elle repoussa le papier.

— Écoutez, Madame ! écoutez ! ce qu'il contient n'a rien de commun avec moi. Je vais vous le dire textuellement, car le souvenir en est là.

Sa main droite toucha son front. Il dit le fatal contenu ; et une horreur profonde se répandit sur la figure de Catherine.

— Merci, merci ! C'est bien en vain qu'Anna Askew est morte sans accuser sa reine et son amie. Son amie ! qu'ai-je fait pour la sauver ?

— Anna Askew est morte ! répéta Seymour.

— Ne le saviez-vous pas ? Il est vrai que vous étiez absent de cette terre de meur tres ; et les morts, on les oublie si vite ! Oui, Anna, si jeune, si belle, d'une si haute intelligence, est morte dans les flammes !

— Et personne ne l'a défendue ? Vous, Madame ?

— Moi, sir Seymour, j'ai eu peur. Ces mots dits avec un accent particulier d'ironie, Catherine continua : Nous avons craint pour notre royale personne.... Nos jours sont si précieux à l'Angleterre !.... Elle prit le papier, et se mettant hors des ombres profondes, elle lut. Voilà ma condamnation, dit-elle ; j'y reconnais l'œuvre de Wriothesély et celle de Gardiner : que Dieu leur pardonne (1) ! Un seul de ces ar-

(1) « Henry, dit Hume, emporté par son caractère impé-
» tueux, et encouragé par les conseils de Wriothesely et de
» Gardiner, alla jusqu'à donner l'ordre de dresser des articles
» d'accusation contré sa propre épouse. Wriothesely obéit

ticles suffirait pour envoyer l'innocent au
bûcher. Que sera-ce donc quand il s'agira
d'une hérétique ?

— Mais nul ne peut accuser votre personne sacrée sans l'autorisation du roi (1),
dit Ellesmère, incapable de se contenir
plus long-temps dans les bornes d'une im-
passibilité visible.

— Oh! rien n'y manque, Ellesmère, le
roi y a mis sa signature; il a trouvé la force
de la mettre pour me livrer à la mort (2).

» avec empressement, et bientôt après lui apporta ce papier à
» signer..... Ce papier important tomba, on ne dit pas com-
» ment, dans les mains d'un ami de la reine, qui le lui com-
» muniqua sur-le-champ. »

(1) Quiconque avait une accusation à porter contre la reine,
devait, sous peine de haute trahison, en obtenir préalablement
l'autorisation du roi.

(2) « Trois commissaires, dit Lingard, furent institués pour
soulager Henry VIII de la fatigue d'apposer sa signature aux
actes qui la réclamaient. Deux étaient chargés d'appliquer sur

Vois, les étoiles brillent maintenant !
Henry ! Henry ! Quand donc lui ai-je
montré de la haine? Ses distractions les
plus douces, ses soulagements les plus
vrais, les plus durables, il les a dus à moi.
Que sa terrible volonté s'accomplisse !

— Oh ! vous ne mourrez pas, vous ne
devez pas mourir ! proféra Seymour hors
de lui.

— Le roi a prononcé, répondit la reine.

— Dites un mot, madame, et je soulève
l'Angleterre contre cet assassin de femmes.
Mes amis sont nombreux. Je me sens capable de tout pour vous sauver.

— C'est trop prendre soin d'une vie

les papiers un timbre sec portant les lettres du nom du roi, et
le troisième de passer une plume à l'encre sur le relief de l'impression. »

inutile. Anna Askew m'appelle. Adieu, sir Seymour.

— Il fut un temps, Madame, où la vie avait pour vous quelque intérêt; alors vous ne vous offensiez pas d'un langage....

—Que j'ai oublié, sir Seymour, et que vous devriez oublier comme moi. Ce lieu n'est pas sûr, il faut nous séparer.

—Mais, Madame, je ne puis vous quitter en vous voyant cette affreuse indifférence pour la vie. Catherine, oh! permettez-moi ce nom! vous le souffriez naguère dans ma bouche; Catherine, ne regrettez-vous rien des jours qui ne sont plus?

— Je suis l'épouse de Henry VIII et la reine d'Angleterre, sir Seymour.

—Laisse, laisse un moment ta grandeur importune! s'écria-t-il en tombant à ses

pieds. Mon amour, Catherine, te parait
bien mieux que ton titre de reine. Tes
yeux, qui brillaient comme l'étoile du
matin, s'éteignent maintenant dans l'inquiétude et l'ennui. L'alouette chantante
n'avait pas d'accents plus doux, plus joyeux
que les tiens. Qu'en as-tu fait? Tu les as
échangés contre les accents du rossignol
qui pleure. Ta jeunesse fleurissait avec
bonheur sous mes sourires : car tu m'aimais,
Catherine, tu m'avais dit : Espère!... Cette
main, c'était à moi qu'elle devait apparte-
nir. Tu voulais un trône, ma beauté, je t'en
aurais conquis un sous un ciel plus chaud,
plus pur. Il est par-delà les mers une terre
heureuse où tout commande l'amour,
c'est l'Italie du midi. Si tu voyais ses nuits
éblouissantes, ses belles et grandes fleurs;
si tu entendais ses poëtes, ses mélodies; si
tu assistais à ses fêtes, oh! la vieille Angle-

terre te paraîtrait bien triste! C'est là qu'il
faudrait vivre!

— Relevez-vous, sir Seymour. C'est
assez de folles rêveries, j'en ai trop écouté.
Quant au danger qui me menace, soyez
tranquille; je saurai l'écarter.

— Tu veux vivre! tu consens à vivre!
oh! merci!

— Le roi m'aime, je vivrai pour son
amour.

— Pour son amour! répéta sir Seymour;
vous oubliez les articles d'accusation.

—On a trompé le roi, je parlerai à mon
tour; et je confondrai la haine de mes ac-
cusateurs.

—L'ambition vous a changée, Madame;
vous n'êtes plus la femme que divinisaient

mes respects. Des sentiments vulgaires
ont pris dans votre cœur la place de sentiments bien beaux. Je ne vous connais plus;
c'est ma douleur la plus affreuse.... Il la
regarda. Madame, demain je combats un
homme dont le bras est redoutable; ne
voulez-vous pas me dire un mot pour me
faire vivre?

— Quel est donc votre adversaire, sir
Seymour? et comment exposez-vous, dans
de folles querelles, des jours que vous devez à l'Angleterre?

— Daignez-vous y prendre quelque intérêt, Madame?.... Laissez-moi intérpréter
votre silence! Oh! ne dites rien! j'ai tant
besoin de croire à vous!

Un éclair de chaleur, parti de l'occident,
illumina soudain cette retraite. Seymour

ne vit que le visage de Catherine. Une émotion profonde animait les traits de la jeune
souveraine. Se savoir aimée, disait son regard tendrement élancé, n'est-ce pas la
gloire la plus belle, l'ivresse la plus heureuse?
La femme qui n'a pas connu ce fier délice n'a pas vécu. D'un coup d'œil il avait
tout saisi, et son âme avait bien compris.
Catherine ne tarda pas à reprendre le chemin du palais. Nul adieu ne profana le
muet enchantement de Seymour.

— Est-un rêve? se demanda-t-il ensuite.

Le lendemain, on aurait pu voir Henry VIII, assis dans le jardin aux rayons du
soleil couchant, causant familièrement avec
la reine, et cherchant à la ramener sur le
terrain de la controverse. Une attente per-
fide animait le regard de Henry.

— Vous me semblez étonnamment sa-

vante, belle mie, lui disait-il de sa voix la
plus persuasive. Par sainte Marie ! je serais
plus sage, moi vieux fou, de vous écouter,
que d'user ma science à combattre des
discours pleins de sagesse et de force. La
femme que vante le saint roi Salomon était
moins redoutable que vous. Merci de Dieu !
vous auriez pu tenir tête aux pères de l'É-
glise grecque et de l'Église latine ! Et ces
Grégoire, ces Bazile, ces Augustin, étaient
pourtant de rudes adversaires ! J'ai même
de la peine à excepter mon saint Thomas
d'Aquin.

— Votre Grâce a bien acquis le droit de
se moquer d'une pauvre ignorante. Ne
sais-je pas que, d'après le précepte divin,
la femme, qui n'est que la chair de l'homme,
doit lui être soumise en tous points? Ses
lumières à elle sont si faibles, si promptes

à la faire errer! Si quelquefois, sortant de
mon humble rôle, et malgré la conscience
bien profonde de mon incapacité, j'ai osé
discuter avec mon redouté Seigneur, c'était
pour lui donner un peu d'amusement, m'é-
tant aperçue que l'ennui se glissait dans
son âme toutes les fois qu'il m'arrivait de
l'applaudir long-temps. Je m'éclairais d'ailleurs de cette apparente discussion ; et j'en
sortais toujours mieux disposée à marcher
ferme dans la voie des vérités, et à admirer
celui dont la bouche m'instruisait.

— Vrai Dieu! mon doux cœur, embras-
sez-moi bien fort; nous sommes toujours
très bons amis. Le baiser de Henry fut pour
Catherine comme une morsure. Le roi reprit : C'est un poids bien lourd que vous
m'ôtez... Je vous en voulais : car enfin, si
notre épouse chérie nous conteste par son

incrédulité le beau titre de *Défenseur de
la foi et de Suprême chef sur la terre de
l'Église d'Angleterre et d'Irlande,* qui ne
sera tenté de l'imiter ? Répète-moi, Catherine, que tu as dit vrai.

— Pourquoi Votre Majesté hésite-t-elle
à me croire ?

— Je t'adore avec ton petit air fâché !
Sais-tu, Kate, ajouta le roi en donnant de
petites tapes sur la joue de la reine, que je
te trouve très jolie, et qu'en ce moment
tu me sembles plus gentille que toutes
les autres ; bien entendu que je laisse de
côté l'Anne de Clèves, cette grosse *cavale
allemande* dont le diable lui-même aurait
fait fi. Je n'ai pas encore pardonné à ce
mécréant d'Holbein le portrait qui me
trompa. Il avait peint la disgracieuse créature aussi charmante que ma Jane Sey-

mour, tant aimée et tant regrettée. Jane,
mes baisers avaient fait éclore dans ton
âme une fleur solitaire d'amour ; fleur prin-
tanière, que la mort brisa de son aile
avant qu'elle eût exhalé ses plus riches
senteurs.... Ne suis-je pas poète, Catherine ?

— Vous êtes tout ce que vous voulez,
cher Sire.

— Flatteuse ! A propos, Madame, on
m'a dit que vous donnez toujours des regrets à cette Anna Askew ?

— Elle était femme, Sire ; cette pitié est
bien naturelle.

Henry fronça les sourcils.

— On est justiciable, entendez bien,
Madame, quand on plaint ce que j'ai condamné. Mais attendez.... regardez-moi en
face.... Peut-être partagiez-vous l'hérésie

de cette damnée? Oh! c'est sûr. Vous m'a-
vez tenu certains discours.... La reine frémit. Henry, qui l'observait, poussa un
éclat de rire tellement égoïste, qu'il aurait
suffi pour faire naître l'aversion dans le
cœur d'une femme plus miséricordieuse
encore que Catherine. Bien, te voilà tout
effarée, poltronne, dit-il avec une méchanceté railleuse. Je t'ai vue changer de peau
comme le serpent. Seulement quand le
serpent se débarrasse de la sienne, c'est
pour en revêtir une plus jeune et plus brillante; toi, au contraire, tu en as pris une
pâle et froide comme un suaire. Avais-tu
intention de me faire peur ?

Catherine se remit promptement, et lui
dit sur un ton de bonne humeur :

— Vous ne réussirez pas à gâter mes
joies.

— Les joies des hérétiques me trouvent seules implacable; et j'appelle hérétique, vous le savez, Catherine, tout ce qui ne professe pas la doctrine pure, celle que j'ai eu la gloire d'enseigner à mon peuple. Si les rois qui m'ont devancé avaïent eu ma haine contre Rome et l'indépendance et la fermeté de mon caractère, ils auraient eux-mêmes accompli cette grande tâche. Au lieu de cette protestation, voyez Henry II se traînant, pieds nus et la corde au cou, devant la châsse de cet impudent Thomas Becket, pour se relever d'une excommunication que j'ai su mépriser (1). Le saint faisait des miracles du fond de sa tombe. Moi, que cette vénération d'une foule imbécile fatiguait depuis long-temps, je mis

(1) On sait que Thomas Becket, archevêque de Cantorbéry, fut assassiné au pied des autels par quatre seigneurs anglais, qu'avait armés une parole imprudente de Henry II.

le saint en accusation, je le fis condamner
comme traître; et sans pitié pour les cris des
dévotes, on brûla ses os et l'on abandonna
leur poussière au vent. Ma vengeance de
souverain fut aussi une vengeance nationale: l'Angleterre tout entière s'était vue
humiliée dans son roi. M. Norris n'aurait
pas manqué de me traiter de toute sa hauteur romaine. Ne le pensez-vous pas?

— Qu'est-ce que M. Norris? demanda
Catherine.

— J'avais cru que vous le connaissiez...
C'est un prêtre catholique dont je destinais
la mort à l'édification de ses sectaires. Il
m'a échappé. Newgate a pourtant des ver-
rous solides... Cet ennemi de ma foi était
le parent d'Anna Askew... Vous la voyiez
dans le temps où il la voyait lui-même;
comment ne vous êtes-vous pas rencontrés?

Henry poursuivit encore dans ce sens.
Il plaçait à dessein des intervalles entre ses
questions. Il tenait la reine haletante sous
son regard impérieux ou froidement incisif.
La torture imposée à la malheureuse, et
qu'elle ne pouvait dissimuler toujours,
donnait à cet homme des voluptés sauvages, une sorte d'orgueil indomptable,
effréné. Il avait comme l'ivresse d'une
puissance dont il pouvait, au gré de sa
passion, reculer indéfiniment les bornes.
Sa victime semblait-elle près de succom-
ber, il l'abandonnait pour lui laisser le
temps de se remettre; puis il la ressaisissait
privée de toute défense, il la remettait aux
prises avec sa ruse, il la frappait de vertige et d'horreur.

— Vous m'aimez bien peu, lui dit-
elle enfin. Que vous ai-je donc fait,

pour que vous me traitiez avec tant de
rigueur?

—Te voilà terrassée et criant merci; c'é-
tait ce que je voulais. Son œil s'arrêta sur
elle avec une curiosité complaisante.

—Soyez content, Sire ; le cerf poursuivi
par des chasseurs habiles et manquant
tout-à-coup de force, n'est pas plus aux
abois que je ne le suis. Tout mon être souffre ; et c'est dans toute l'humilité de mon
cœur que je me demande par quelle offense
involontaire j'ai pu encourir votre indignation.

Henry fut touché. Il se montra sensible
à la plainte de la reine en la raillant doucement de sa terreur. Le fou du roi interrompit cette effusion par sa brusque
venue.

— Qui t'amène ici, drôle? demanda Henry VIII.

— Maître, laissez-moi souffler un peu, j'ai tant couru ! Mes jambes à moi sont mes seuls valets, assez dociles d'ailleurs....

— Parleras-tu ?

—Que Votre Grandeur ne se courrouce pas. Le fou prit une attitude solennelle et dit : Maître, j'ai devancé l'honorable chancelier Wriothesely et une quarantaine de coupe-jarrets qu'il traîne à sa suite. Se tournant vers la reine et lui faisant une révérence profonde, il ajouta : Garde à vous, Catherine Parr, reine d'Angleterre ! ils viennent en grande pompe demander la vie de Votre Majesté. Les bûchers chôment depuis quelques jours.

— Enchaîne ta langue, coquin, ou les verges feront justice de toi! cria Henry.

— N'êtes-vous pas charmé d'apprendre d'une manière unie et brève ce qu'ils vont vous dire très emphatiquement sans doute?

— Et le bourreau n'est pas là pour serrer le gosier de cet effronté!

— Sur mon âme le voici, reprit le fou. Les valets ont tout-à-fait bonne mine. Apaisez-vous, maître, je vais me tenir coi. Cela dit, il s'appuya contre un cerisier, s'apprêtant à rire intérieurement de ces hommes qui le prenaient en dérision et se vantaient de leur sagesse.

Le chancelier Wriothesely parut en effet avec sa formidable escorte. Henry s'agita d'une manière singulière.

— Ne craignez rien, chère âme, dit-il à la reine; vous savez qu'on ne peut vous ôter un cheveu de la tête sans que je l'aie

préalablement voulu ; je vais d'un mot
disperser bien loin toute cette canaille.
*Les vautours et les hyènes,* comme dit le
prophète, *s'appelleront les uns les autres,*
avant qu'il vous soit fait aucun mal.

— Que signifie cela ? cria d'une voix
impérieuse le roi au chancelier.

— Votre Majesté, répondit le chancelier, ne se souvient-elle plus....? N'a-t-elle
pas....? Les articles....

— Tu n'es qu'une bête, un scélérat !
Vouloir m'ôter la femme la plus affec-
tueuse, la plus dévouée ! la couvrir de calomnies ! c'est attenter à ma vie, c'est me
mettre le poignard dans le cœur, et l'y retourner mille fois. Ce vautour, il n'est jamais repu !

Le chancelier écoutait immobile et

saisi d'épouvante. Henry poursuivit ses
invectives avec une colère toujours crois-
sante. L'intervention de la reine mit fin
à cette scène, et permit au chancelier et
à ses troupes de se retirer.

— Le tonnerre est tombé, dit le fou, le
ciel va reprendre sa sérénité. Allons voir
si de nouveaux orages se préparent ailleurs. Il s'éloigna en faisant des gambades.

— Vous êtes bien généreuse, mon cœur;
cette brute de Wriothesely et ce rusé coquin de Gardiner m'avaient excité contre
vous. Une reine est pour tous ces chiens
une proie qu'ils flairent et dont ils voudraient boire le sang.

Le roi continua à parler ainsi, en entre-
mêlant ses discours de brusques et effrayantes imprécations; Catherine l'apaisa et lui

rendit une gaieté aimable à force d'esprit
et de grâce. L'air venant enfin à fraîchir,
il fut emporté par des serviteurs robustes,
ayant la reine qui marchait à ses côtés et
qui ne cessait pas de l'entretenir.

A peine Catherine eut-elle quitté ce fou
dangereux et se fut-elle réfugiée dans sa
chambre, que son rire enjoué fit place à
une expression de morne accablement. La
tête appuyée dans ses mains, le regard fixe
et terne, elle laissa échapper des gémisse-
ments. Quelques larmes mouillèrent ses
joues.

— Pourquoi pleurer? lui dit Ellesmère,
le cœur d'un autre homme ne vous est-il
pas assuré?

— Paix! paix! tu es pour moi le démon...
Ma faiblesse est passée, dit-elle plus tard

en soulevant son front, je puis montrer du calme. Ellesmère, je consacrerai ce que Dieu m'accordera encore de jours à expier mon crime; j'ai manqué d'énergie pour Anna, je n'ai pas osé prendre la défense de la jeune martyre : il faut une expiation.

— Hélas! madame, vous savez bien que votre dévouement eût été inutile; vous vous seriez perdue avec elle.

— Peut-être était-ce mon devoir. Tous les jours, Ellesmère, je me reproche cette mort.

Le jour suivant, il ne fut bruit à la cour que du duel de sir Seymour avec le duc de Norfolk. L'épée du duc s'était brisée; sir Seymour avait aussitôt baissé la sienne.
— Je ne puis plus me battre contre vous,

s'était écrié Norfolk, mais je puis toujours vous haïr. — C'est mettre à l'aise mes propres sentiments, avait répondu le frère de Jane Seymour. Henry n'apprit heureusement rien des paroles outrageantes du vieux duc, proférées dans le palais. Sa colère aurait voulu du sang. On le savait ; et l'horreur de livrer au bourreau un des plus grands seigneurs de l'Angleterre l'emporta cette fois du moins sur l'indiscrétion ou la jalousie.

Quelques semaines s'écoulèrent. Sir Seymour, mêlé aux courtisans, n'obtint jamais un regard particulier de la reine. Si elle lui adressait la parole, c'était d'un ton simple, aisé, sans aucun de ces indices qui annoncent une passion mal contenue.

# III.

## Le coup de vent.

Tu m'aimes, je le sais; car aussi moi je t'aime.
C'est malheur, c'est folie; et mon cœur de ce jeu
Comprend trop aujourd'hui que la mort est l'enjeu,
Pour s'essayer encore à feindre sur lui-même
Un pouvoir qu'il n'a plus. . . . . . . . . .

Madame Mélanie Waldor.

Les hommes reculent effrayés devant
le fantôme de leur dignité intérieure. Ils
se complaisent dans leur misère, ils se
parent de leurs fers avec une lâche
adresse ; et les porter, en faisant bonne
contenance, cela s'appelle la vertu.

Schiller.

Une aimable liberté s'établit un jour de
novembre 1546 dans une salle du palais
de Henry VIII. Le maître était absent. Sir
Seymour, debout à quelque distance de la
reine, avait les yeux fixés dans une glace,

placée en face de lui, où se reflétait le beau
visage de la femme de son désir. Catherine écoutait avec une indulgence de jeune
mère et d'amie, les propos confiants de la
seconde fille de Henry VIII, Elisabeth.
La gaieté bruyante de l'enfant de quatorze ans appela l'attention impatiente
de la princesse Marie.

— Cette petite fille fait beaucoup de
bruit, dit-elle. Votre bonté, Madame, est
grande de la supporter. Quant à moi,
j'en ai la tête malade.

La bonne humeur d'Elisabeth était par-
venue à ce degré où il est presque impossible de se fâcher. Elle continua ses saillies.

— Vous voilà bien, dit Marie, toujours
éprise de folles idées ou de niaiseries, toujours disposée à occuper les autres de vous.

Une étincelle de colère brilla sur tous les traits de la jeune princesse; elle se contint cependant, et dit avec l'apparence d'une modestie ingénue :

— Ce matin, j'ai lu tout un discours de Cicero *Pro Milone*; j'ai appris bien des stances de Torquato Tasso, et j'avais besoin de me distraire un peu.

— Et ce n'est pas moi qui vous blâme, dit la reine en mettant un baiser à ce front qui s'était levé doux et caressant.

Le souvenir de la mère d'Elisabeth, implacablement égorgée, la voix haineuse de Marie, avaient disposé le cœur de la reine à une affection plus tendre que ne semblait le comporter son titre de belle-mère. D'après le testament de Henry VIII, Marie devait succéder à Edward VI si ce prince

mourait sans postérité; et les dispositions
de Marie faisaient assez pressentir que
les destinées d'Elisabeth ne seraient ni
élevées, ni tranquilles.

Sir Seymour avait tout observé en silence ; et, comme la reine, il se sentait vi-
vement entraîné vers la fille d'Anne Boleyn.
L'arrivée d'un nouveau personnage changea le cours des idées : c'était le fils du duc
de Norfolk ; le brillant comte de Surrey.
Aucun seigneur de la cour de Henry VIII
ne surpassait le comte en courtoisie et
en magnificence de bon goût. Les grâces
naturelles de son esprit ornaient son savoir. Nul ne savait mieux que lui donner
de la valeur à chacun. Il vous faisait croire
à votre supériorité, quand, au contraire,
il eût fallu admirer la sienne. Avec lui, il
y avait pour tout être dont il voulait s'oc-

cupér un moment, le déploiement com-
plet de toutes les facultés; il n'en était pas
une qui restât oisive ou ignorée. Les hommes de mérite se sentaient grandir sous
son influence, car ils avaient la conscience de sa juste appréciation ; les
autres étaient charmés et d'eux-mêmes
et de lui. Soit enfin qu'on lui parlât,
soit qu'on l'écoutât, c'était vraiment à
s'étonner de soi. Son langage empruntait
de sa pensée des tons infinis. Parfois il
s'élevait à une richesse d'expression, à une
hauteur d'enthousiasme qui le faisait res-
sembler à un dieu. D'autres fois il mettait au jour les nuances les plus exqui-
ses du sentiment, ou bien encore une fi-
nesse de critique qui l'eût fait redouter, si
le plaisir n'avait pas empêché la réflexion.
La fermeté caractérisait tous les actes im-
portants de sa vie; mais dans les relations

familières, il mettait un laissez-aller plein
de séduction. Sa mise était sans effort,
sans recherche apparente; pourtant il semblait toujours que le comte eût fait choix
de plus belles étoffes que tous et qu'on
eût inventé pour lui une façon particulière, tant l'accord entre sa personne élé-
gante et noble, et le choix et la forme de
ses vêtements, se faisait sentir tout d'a-
bord. Il fallait une sorte d'examen pour
s'assurer que toute cette magie tenait à la
manière dont il portait chaque chose.
Poëte par le cœur, il s'inspirait souvent
d'un rien, mais ce rien devenait délicieux.
Sir Seymour avait une politesse extérieure
aussi parfaite que celle du comte; mais la
sienne était apprise, contrainte souvent:
celle du comte, au contraire, venait de ses
instincts. Que le premier se crût offensé,
il s'en vengeait par de brèves et hautaines

paroles; le second avait pour arme ordinaire une moquerie pénétrante et gaie.
Sir Seymour avouait son ambition; le comte
de Surrey n'en parlait pas, mais il profitait
de tous les vents heureux pour avancer
sa voile. La bravoure de chacun était
d'ailleurs incontestable.

Marie s'embellit d'une rougeur aimable
en le voyant entrer; sa roideur disparut
soudain, et fit place à un maintien timide
et doux. Ce fut vraiment d'une voix charmante qu'elle répondit à son hommage.
Une vanité souffrit de l'enchantement de
Marie, ce fut la vanité d'Élisabeth. Elle se
mit à sa broderie; et bientôt, sous le pré-
texte qu'il lui manquait une couleur, elle se
fit apporter une corbeille en ivoire décou-
pée à jour et remplie d'écheveaux de laine.
Après en avoir choisi un, elle demanda

quelles mains voudraient le tenir. Sir Seymour mit une vivacité chevaleresque à répondre à cet appel. Ce ne fut pas sans une
petite moue qu'Élisabeth plaça l'écheveau
sur les mains de cet homme, dont elle
n'avait pas désiré l'empressement. Puis elle
se mit à dévider, non sans le faire avancer
ou reculer, selon que son caprice ou la nécessité le voulait. Sir Seymour commençait
à sentir une grande lassitude, quand Élisabeth se plaignit qu'il tenait fort mal
l'écheveau, qu'il était trop impatient et
trop rude pour de si paisibles fonctions ;
et, voulant confirmer ces paroles, elle tira
elle-même la laine assez fort pour qu'elle
se cassât deux fois. Alors, n'écoutant que
son désir secret de chagriner Marie, elle
enleva l'écheveau des mains de sir Seymour et le tendit en riant au comte de
Surrey. Catherine, qui s'était sentie oppres-

sée jusqu'alors, respira. Sans ses dispositions secrètes, envers sir Seymour., elle eût imposé sa douce autorité pour empêcher un amusement trop familier peut-être ; la délicatesse la retint. Maintenant c'était le comte de Surrey ; mais pour quelle raison blâmerait-elle soudain ce qu'elle avait en quelque sorte encouragé par son silence ?

— Serez-vous doux ; Mylord ? demanda Élisabeth au comte.

Sur l'affirmation gracieuse du courtisan, elle se mit à dévider sa belle et fine laine. Un peu plus tard elle trouva qu'il était bien fatigant de lever ainsi les bras.

— Le dévidoir est mobile, dit le comte, il peut se baisser autant qu'il plaira à Votre Grâce.

Cela dit, il se mit à genoux devant la

jeune beauté. La reine chercha des yeux
sir Seymour, comme pour s'assurer que
lui aussi n'était pas prosterné. Elle allait
sans doute faire abandonner cette posture
au comte, lorsque la princesse Marie remarqua tout haut que déjà lady Élisabeth
s'essayait à la souveraineté; et qu'il y aurait grande gloire pour les Anglais, si une
princesse tellement pénétrée de sa valeur
les gouvernait un jour.

Élisabeth s'adressa au comte :

— Mylord, vous faites des vers qu'on
vante partout; voudriez-vous nous donner le plaisir d'une admiration sincère?

— Pour cela, Madame, il faudrait que
je ne vous disse rien de moi : votre goût
est si délicat que j'ai tout lieu d'en appréhender les effets.

Lady Mary, reprit Élisabeth, aimerait assez à vous entendre pour oublier de me blâmer. Vous voyez, Mylord, que je vous devrais beaucoup sous tous les rapports.

Le comte de Surrey tourna les yeux vers la fille de Catherine d'Aragon. Son maintien était haut, sa figure amère et sombre.

— Madame, lui dit-il, puis-je me flatter que vous m'entendrez sans ennui?

— Vos vers seront écoutés, Mylord, avec attention, je dirai même avec plaisir; mais l'attitude que vous avez prise n'est pas celle d'un poëte.

— Puis-je en changer de mon propre mouvement? sembla dire le geste du comte.

— Lady Élisabeth, remarqua la reine à son tour, sentira que ce badinage s'est assez prolongé; elle-même s'empressera d'y mettre fin.

— Ils le veulent tous, dit Élisabeth.

Le comte se leva; et, après avoir rêvé un moment, il dit un sonnet plaintif et doux qui exprimait des sentiments trop présomptueux pour être révélés jamais à celle qui en était l'objet. Cet hommage, comme involontairement adressé à Marie, adoucit l'humeur de cette princesse. Ce front de trente-quatre ans, siége habituel de pensées orgueilleuses, se couvrit d'une confusion charmante. Des années s'effacèrent sous la grâce émue de son sourire; elle devint toute désirable.

Un aimable poëte a dit: « Il ne faut dé- » sespérer de rien pour ceux qui n'ont pas » aimé : leur existence a un complément à » recevoir (1). »

(1) Charles Nodier.

— C'est une belle parure que le bonheur, remarqua la reine, qui avait vu ce changement.

Sir Seymour entendit cette parole et soupira tout bas. Le comte avait fini, que Marie recueillait encore ce chant harmonieux. Catherine s'abandonna, comme la fille de Henry VIII, à la belle ivresse de cette minute. Dans cette poésie d'amour, elle reconnaissait l'impression d'heures à jamais perdues, il est vrai, mais toujours regrettées ; c'étaient les délices évanouies de sa belle jeunesse ; c'était sa passion, sa vie d'autrefois.

Elisabeth demanda gracieusement d'autres vers à Surrey. Marie ne fut pas la seule à lui en savoir gré. Le comte chanta les gloires de l'Angleterre. Un fier patriotisme prêtait à sa voix quelque chose d'inspiré ;

tous les cœurs s'exaltaient, tous les visa-
ges étaient beaux. Tout-à-coup on saisit
dans le lointain le bruit lent du char de
Henry VIII. Alors s'effacèrent les émotions
pompeuses. Le comte de Surrey s'éloigna
involontairement de la princesse Marie.
La fière Élisabeth se mit à sa broderie,
Seymour regarda Catherine et dit tout bas :

— C'est bien lui. A son approche, tous
les cœurs se serrent. Absent, il tourmente
vaguement la pensée ; s'il se montre, le sourire a sa terreur, il n'y a pas de sérénité
possible. Madame, vous avez vu des coups
de vent qui font tomber et chassent au loin
les feuilles que l'automne a jaunies ; vous
avez vu la tempête disperser les mélodieux
oiseaux qui s'étaient assemblés sur la même
branche en fleurs : Henry VIII est notre
coup de vent, il est aussi notre noire tem-

pête. Seulement, quand le ciel a repris son brillant air de fête, les oiseaux recommencent leurs chants ; et nous, c'est peut-être sans retour. Catherine leva sur lui des yeux pleins de sollicitude. Il la comprit. Vous, Madame, ajouta-t-il, vous êtes digne des sentiments les plus hauts.

Il s'éloigna et alla se placer près du comte de Surrey. Le bruit du char de Henry allait toujours se rapprochant. Une tête d'enfant apparut mutine et souriante; c'était le fils de Henry VIII et de Jane Seymour, c'était Edward VI, alors âgé de neuf ans, qui devait porter la couronne après Henry. La vue de cet être gracieux remit un peu les âmes de la secousse qu'elles venaient d'éprouver.

Sir Seymour prit l'enfant par la main et l'amena à la reine qui l'embrassa tendrement. Elle se leva ensuite pour recevoir

son formidable époux. Deux hommes
étaient avec lui : Wriothesely, que la reine
ne voyait jamais qu'avec une sensation
pénible, et qui avait, au dire de Henry VIII,
tout l'air d'un renard embarrassé, et sir
Richard Rich, le plus flatteur de tous les
courtisans de Henry ; flatteur grossier,
flatteur impudent et avili, car il était incapable d'enthousiasme.

Henry promena d'abord ses yeux scru-
tateurs sur tous les personnages qui se
trouvaient là. Ce fut presque avec douceur
qu'il regarda Marie. La vue du comte de
Surrey, dont la contenance était pourtant
bien respectueuse, appela sur ses traits un
nuage de mécontentement. N'appartenait-il
pas à la race des Howards, qu'il détestait
depuis la découverte des torts honteux de
Catherine Howard? Il reprit cependant des
dispositions plus calmes; et ce ne fut pas

sans quelque bienveillance qu'il dit au comte :

— Mylord, nous sommes charmé de vous voir ici. Le comte s'inclina avec sa grâce accoutumée. Nous avons des projets qui vous intéressent quelque peu. Que pensez-vous de la fille du comte de Hertford? Elle est noble et charmante  La distinction parfaite de ses manières irait bien à la vôtre; nous insistons sur ce point parce que nous savons que c'est là votre belle faiblesse... Sir Seymour était devenu attentif. Vous ne vous hâtez guère de nous répondre, Mylord. Les Hertfords sont des Seymours, et votre roi n'a pas déaigné de s'allier à eux.

—Má reconnaissance pour la sollicitude de Votre Majesté ne saurait être égalée que par mon profond dévouement; mais avant

de me donner le soin d'une famille, je
voudrais, Sire, m'être relevé en quelque
sorte dans votre estime.

— Oui, je comprends ; vous avez sur le
cœur le commandement de la garnison de
Boulogne que je vous ai ôté et que j'ai
donné au comte de Hertford. Il n'est pas
bien, Mylord de Surrey, que vous gardiez
rancune à Hertford pour une grâce dont
il nous a plu d'honorer sa fidélité.

— La perte des bontés de Votre Majesté
est la seule chose qui m'affecte.

—Eh bien, nous pourrons vous les rendre si vous êtes docile à notre désir.

—J'insiste, répondit le comte, avec une
fermeté respectueuse, pour rester libre
quelque temps encore. Mon bras et mon
cœur sont à vous, Sire ; mais je ne ferai

jamais de ma personne le prix d'une réin-
tégration que je veux devoir à mes services seulement.

— C'est parler énergiquement, Mylord.

— Avec trop de hardiesse, peut-être,
dit le comte. Un éclair de haine jaillit de
l'œil courroucé de Seymour : cette femme
refusée était sa mère.

Henry ne répondit pas. Il concentra
toute sa pénétration méchante dans un
regard qu'il arrêta sur le jeune homme. Ce
dernier se tenait immobile et haut de fierté
et de calme.—Où vont donc vos prétentions,
Mylord? dit enfin la voix irritée de Henry.

— Jusqu'à ce moment, Sire, je n'ai pensé
qu'à servir l'état et votre auguste personne.
Souffrez que ce soin m'occupe encore.

— Ce soin n'est pas tellement exclusif
dans votre vie, que vous ne trouviez le

temps de faire de la poésie amoureuse et
autre..... Mylord, au lieu de vous inspirer
d'affections errantes, audacieuses peut-
être, vous vous inspireriez de votre femme;
cela serait plus chaste et plus sûr.

Ces mots sèchement prononcés, le roi se
mit à s'entretenir avec la reine et avec sir
Richard Rich. Fidèle aux formes parlemen-
taires et à sa bassesse instinctive, sir Richard
Rich ne s'adressa jamais à Henry VIII sans
lui donner le titre de *Très sacrée Majesté*
et sans s'incliner chaque fois de la façon
la plus servile. Ce fut avec de grandes la-
mentations que Henry VIII déplora l'oubli
des bonnes mœurs et de la charité. « Ja-
» mais Dieu, s'écria-t-il, n'a été plus mal
» servi que par les chrétiens. »

Wriothesely écoutait le roi avec toutes
les marques d'une approbation sincère.

Sir Richard ne manquait pas, dans les intervalles, d'exalter la rare éloquence du
monarque et sa haute et divine sagesse. Il
n'osa pas, comme en des temps moins
avancés, dire que Henry avait la *beauté
d'Absalon*, c'eût été, dans l'état d'infirmité
du roi, une flatterie trop maladroite ; il fut
également forcé de ne plus le comparer
pour la *force et le courage à Samson*, mais
il lui laissa la *sagesse de Salomon*. Henry,
se rappelant les magnifiques exagérations
dont on l'avait naguère enivré(1), se mon-

(1) » Les orateurs du Parlement, dit le docteur Lingard,
» dans leurs efforts pour se surpasser les uns les autres, flat-
» taient la vanité de Henry par les louanges les plus outrées.
» Cromwell se disait incapable, et déclarait tous les hommes
» dans l'impossibilité de décrire les ineffables qualités de l'es-
» prit du roi les sublimes vertus de son cœur royal. Le chan-
» celier Audeley lui disait en face que Dieu lui-même, en le
» consacrant de son huile sainte, l'avait élevé en sagesse au-
» dessus de tous ses égaux, au-dessus de ses prédécesseurs, au-
» dessus de tous les rois du monde, etc. »

tra médiocrement satisfait de la retenue
de sir Richard Rich. Une fois même il
tourna brusquement la tête au milieu d'un
discours hyperbolique du courtisan. La
consternation du misérable fit sourire
les princesses et le comte. Henry VIII,
pour mortifier ce dernier, bien plus que
par un généreux mouvement, adressa
quelques paroles encourageantes à son
plat complimenteur. Edward cependant
s'était approché du comte de Surrey, qui
lui plaisait beaucoup. Et pendant que sir
Richard Rich déployait de nouveau tout
le luxe de sa servilité, le petit prince jouait
à la *mourre* avec le brillant Henry Surrey;
et l'intelligent Surrey devinait moins sou‑
vent que l'enfant combien de doigts avaient
été levés. Le roi vit ce jeu, il fronça les
sourcils et appela le prince auprès de lui.
Une faiblesse soudaine prit à Henry. On

l'emporta dans son appartement, livide
et sans connaissance. La reine s'éloigna avec
les princesses. Il y avait de l'inquiétude sur
le beau front de Surrey quand il sortit de la
salle à son tour.

— Ambitieux ! dit Seymour en l'accom-
pagnant du regard ; il n'aime pas Marie,
mais il convoite une couronne. C'est beau
une couronne ! on n'obéit plus, on commande. Attends , Henry Surrey ! attends !
Thomas Seymour est encore debout, et tu
le trouveras sur ton chemin partout où il
y aura chances de périls et d'élévation !
Moi ! je repousserais l'appui d'une femme
pour me faire roi ; ma volonté y suffirait.
Toute race de souverains a eu son humble
commencement. Y a-t-il long-temps que
les Tudors règnent ? deux générations seulement. Qu'était Guillaume Ier ? qu'était

Henry IV? qu'était Edward IV; qu'était Henry VII? de simples ducs.

Seymour rêva long-temps encore à ces hautes existences de rois qui pourtant ne l'auraient pas satisfait, tant son orgueil était immense. Suprême dominateur de l'univers, il en aurait bien vite détourné son regard, il se serait demandé pourquoi il n'était pas Dieu.

« Criez joyeusement au-dessus de ma « tête, oiseaux du ciel, car vous avez la li- » berté d'aller au-dessus des nuages; moi, je » reste ici attaché. Voguez, monstres des » eaux, roulez-vous joyeusement dans l'a- » bîme; d'un bond vous pouvez visiter les » entrailles de la terre : l'univers n'est petit » et misérable que pour l'homme (1). »

(1) Voyez le roman si remarquable de M. Ferdinand Denis, *Luiz de Souza.*

# IV.

## L'à-propos d'une mort.

> Oh! quelle lutte se passe dans les
> âmes susceptibles de passion et de con-
> science !
> *Madame de Staël.*

> Ma barque est tout à l'heure aux bornes de la vie ;
> Le ciel devient plus sombre et le flot plus dormant.
> Je touche aux bords où vont chercher leur jugement
> Celui qui marche droit et celui qui dévie.
> *Sainte-Beuve.*

Le comte de Surrey, accusé de crimes
imaginaires, venait de finir sur l'échafaud, le 25 janvier 1547, sa courte et
brillante existence. Il était mort, comme il
avait vécu, en homme de cœur. Henry

avait bien pu l'assassiner, mais il n'avait pu
le forcer à épouser une fille sortie d'une
race ennemie et dont le sang n'était pas de
vieille illustration ; lui-même s'était défendu
avec esprit et courage. On l'avait secrètement admiré et plaint(1). Son heure difficile
avait couronné quelques unes de ses années
toutes hardies, aventureuses et naïvement
exaltées. Il n'était pas de chevalier courant
le monde, et avide de renommée vaillante
et amoureuse, qui n'eût gardé le souvenir
du comte de Surrey. N'était-ce pas ce fier

(1) Henry VIII, déjà fort irrité du refus du comte de Surrey,
se laissa persuader, par les ennemis des Howards, que le duc
de Norfolk et son fils aspiraient à s'emparer du gouvernement
pendant sa maladie, et après sa mort de la tutelle d'Edward.
Le comte fut condamné à faux, comme ayant entretenu des
liaisons coupables avec le cardinal de la Pole, comme étant
soupçonné de vouloir la couronne, lui qui écartelait sur son
écusson les armes d'Edward le Confesseur : ce dernier cas
d'accusation était d'autant plus odieux que ses ancètres l'a-
vaient fait aussi, et que les hérauts d'armes l'y avaient autorisé
lui-même.

Anglais qui avait défié à Florence tous
ceux qui savaient manier une lance et qui
obéissaient aux douces lois d'amour, pour
leur prouver que la belle Géraldine surpassait toutes les autres dames en grâce et
en beauté. Le scrupule religieux n'excluait
point de combattants : chrétiens, juifs,
turcs, sarrasins ou cannibales, tous étaient
appelés. Le comte de Surrey, couvert d'armes étincelantes et paré d'une devise et des
couleurs de cette merveilleuse Géraldine,
combattait tout chevalier errant ou autre
qui, se disposant à passer un pont sur l'Arno,
élevait le mérite de sa dame au-dessus du
mérite de Géraldine ; ou, ce qui était impie,
niait les perfections de cette dernière. De
brillants faits d'armes avaient donné raison
au comte, plus d'un rude adversaire avait
crié merci. Et ce fut le bourreau qui termina
brutalement cette vie embellie par tant de

luttes aimables et où les pensées utiles de
l'homme d'État s'étaient également placées.
Le duc de Norfolk, enfermé à la Tour, condamné d'abord dans la pensée du roi, venait
de l'être par des juges dont la lâche complaisance n'osait rien refuser. Cranmer seul
avait protesté contre la volonté inique du
souverain; seul il avait refusé son adhésion
à l'acte infâme, et il était parti pour sa
campagne. Le vieillard ignorait les destinées de son fils; comme lui, il se voyait
victime d'accusations menteuses, mais
comme lui il se faisait un mérite de l'an-
tiquité de son nom.

« Notre raison, dit un homme de vie
» forte et de sentiments généreux, a beau
» être en garde contre les préjugés du vieil
» âge, nous éprouvons tous un besoin se-
» cret de retrouver notre race, de la suivre

» dans cet amas de générations englouties
» dont le passé du genre humain se com-
» pose. Étrange faiblesse de notre nature !
» pour nous donner l'illusion de la durée,
x nous nous appuyons sur des tombeaux (1).

On attendait en frémissant la conclusion
de ce drame déjà ensanglanté. La reine
s'émut profondémen. Jalouse d'épargner
un nouveau crime à Henry, et de conserver à l'Angleterre un homme qui l'avait
honorée par son courage, elle manda sir
Seymour. Il accourut dans toute la joie
de son cœur. Ellesmère, qui avait passé les
nuits précédentes au chevet du lit de la
princesse Marie, malade d'âme et de corps;
Ellesmère voulut, malgré sa fatigue, veiller à la porte de la reine pendant que cette
dernière s'entretiendrait avec sir Seymour.

(1) N. A. de Salvandy.

— Il faut, dit la reine, s'il est possible, empêcher une grande injustice, il faut sauver le duc de Norfolk; après demain à midi, il doit périr : c'est bien assez de la mort du fils.

— Comment s'opposer aux volontés du roi, Madame?

— J'attendais plus d'ardeur de votre part, sir Seymour; je croyais que la cause d'un ennemi indignement sacrifié pourrait séduire votre cœur. Gardez-moi le secret, je m'adresserai à un autre. Ce vieillard est bien malheureux. Sa femme l'a trahi pour satisfaire sa haine, sa maîtresse l'a vendu. On ne sait laquelle des deux est la plus infâme : la duchesse de Norfolk ou Élisabeth Holland.

— Le roi vous aime, Madame, et vous l'aimez, objecta Seymour avec plus d'a-

mertume qu'il n'avait voulu en montrer,
et l'on ne refuse rien à qui vous aime.

— C'est vrai, répondit la reine. Pourtant
le roi m'a refusé la grâce du comte de
Surrey; et il y a deux jours que le comte
vivait encore. Mais je vous faisais injure
en supposant que vous vous mettriez seulement quelques heures en opposition avec
votre souverain. Norfolk est d'ailleurs le
père de ce Surrey coupable de dédain envers votre race.

— Norfolk est bien gardé, Madame. Tenter d'arracher une victime à Henry Tudor,
n'est-ce pas courir à une mort certaine?

— Je lui en ai arraché une, moi; et je
suis encore vivante. Vous êtes devenu
bien timide, Sir Seymour.

— Catherine ! Ce cri échappé de son
cœur, il pleura.

— Par grâce ! contenez-vous!

— Oh! vous voir à lui! vous voir la
femme de cet homme!... Catherine, comment avez-vous consenti?.... Madame, cet
homme dont vous partagez la couche san-
glante est un misérable sans cœur. Vous êtes
sa sixième femme ; qu'il se lasse de vous, il
vous enverra rejoindre Anne Boleyn et Catherine Howard. Quand elles prirent le chemin de l'échafaud, quand le bourreau fit
tomber leurs têtes découronnées, elles
étaient jeunes et belles comme vous ; et
Anne n'était pas moins pure. Henry ne
sait plus avoir de maîtresses (1) : il est devenu trop scrupuleux ; mais il a gardé sa
terrible inconstance. Le divorce est le prix

_____

(1) La première maîtresse de Henry fut Élisabeth Blount,
veuve de sir Gilbert Tailbois. Il en eut un fils, Henry fitz-roi,
qui mourut à dix-huit ans duc de Richmond, amiral d'Angleterre, gouverneur des marches d'Écosse et lieutenant d'Irlande.
La seconde maîtresse connue de Henry fut Mary Boleyn, sœur
aînée d'Anne Boleyn.

d'un sang né royal. Catherine d'Aragon et
Anne de Clèves subirent cette haute injure, car elles étaient princesses avant
d'être reines. Jane Seymour, ma sœur, est
morte le diadème au front; elle est morte
dans son lit et pleurée par son futur bourreau; mais il y avait à peine un an qu'elle
était sa femme. Dieu la retira à temps,
croyez-moi : on ne vieillit pas dans la faveur de Henry VIII, les jours comptent
pour des années. Sa voix prit une intonation solennelle : Vous aviez vu trancher
la tête d'une femme bien vénérable, la
comtesse de Salisbury.

— Oui, répondit Catherine; son héroïque
résistance protesta contre l'arrêt qui la
retranchait de la vie. Quelle lutte, mon
Dieu!.... La reine joignit les mains. Oh !
long-temps, bien long-temps, j'ai ressaisi

cette scène dans mes rêves ! Cette femme
se débattant sans espoir, par amour pour
la justice, ce peuple muet d'épouvante, un
battement de cœur universel !...

— Quatre ans n'avaient pas passé, que
vous étiez l'épouse du bourreau de la dernière fille des anciens rois !

La voix ferme, mais triste de Catherine,
fit entendre ces paroles :

— Suspendez votre jugement, Sir Seymour ; j'avais l'âme assez haut placée pour
n'envier ni le titre de reine, ni les honneurs dont il s'entoure ; une vie simple et
composée d'affections bénies et heureuses
était tout ce qu'il fallait à Catherine Parr.
Henry Tudor jeta les yeux sur moi pour
être sa compagne. Un orgueil de néant
n'entra pas dans ma résolution ; je crus que

Dieu me choisissait pour changer le cœur
du roi et les destinées trop long-temps
malheureuses de la vieille Angleterre. Le
Rédempteur du monde avait pris son humanité dans le sein d'une femme. Sous le
souffle puissant de Dieu, l'humble hysope
devient cèdre. Mon intelligence bornée osa
porter un regard curieux dans les profon-
deurs d'une sagesse incompréhensible. Les
limites de ma conscience se reculèrent indéfiniment, mes devoirs grandirent; je voulus être plus qu'une femme. Alors j'effaçai
de mon cœur de trop chères images ; je
m'annulai dans la vie nouvelle que m'ouvrait le sacrifice. Qu'était mon bonheur
solitaire comparé au bonheur d'un peuple ?
Je ne passerai pas inutile sur la terre , me
disais-je avec joie ; comme si le petit ruisseau tranquille qui rafraîchit la vallée inconnue n'a pas aux yeux de Dieu le mé-

rite du fleuve impétueux et profond.
L'énergie de la déraison fut la mienne;
semblable aux vierges folles dont parle
l'Écriture, je laissai éteindre ma lampe.
Le châtiment ne se fit pas attendre. Supprimez cet air de doute. J'ai gardé un
front serein; j'ai enveloppé mes désespoirs de sourires, de protestations de tendresse; j'ai fermé violemment toute issue à
mes larmes. La blessure qui saignait dans
mon cœur est restée entre Dieu et moi. Cet
homme m'a vue, le jour, la nuit, assidue
à son chevet de douleurs, épiant sur sa
figure les désirs qu'il pourrait former; et,
bien des fois en retour, j'ai lu, moi, une
pensée de mort dans son regard : je la lui
ai pardonnée. Ce que je ne lui pardonne
qu'avec effort, c'est de m'avoir fait déchoir.
Anna Askew est morte martyre; je parta-
geais quelques unes de ses croyances; et,

lâche que je fus, je gardai un silence coupable, la terreur étouffa ma voix quand
j'aurais dû crier..... Oh! cet homme! cet
homme! Me voyez-vous, moi, son esclave
bien souple, bien avilie, misérable à l'ex-
cès, rusant pourtant avec lui pour retenir ces quelques jours qu'il était avide de
m'arracher? Je ne voulais pas que le peuple qui m'avait adorée hurlât des malédictions autour de moi; je ne voulais pas de
sa boue, de sa colère ignoble; je ne voulais pas que le bourreau me touchât!....
Et pour éviter d'être souillée par d'autres,
je me suis souillée moi-même!.... A quels
mensonges ai-je refusé de descendre?....
Oh! il était bien mon maître !.... Catherine
eut un gémissement. Un moment elle
resta morne et sans voix. Puis elle regarda sir Seymour, et lui dit avec une so-
lennité sombre : Henry Tudor est bien

près de subir le grand jugement; Dieu a
compté ses jours. Unissons nos efforts
pour sauver ce malheureux Norfolk! Que
la destinée du fils ne soit pas celle du père!

— Henry va mourir! s'écria Seymour
en se précipitant aux genoux de Catherine.
Oh! redites ces paroles de vie! Henry va
mourir!

— Cette joie est peu digne de vous, Sir
Seymour!

— Elle est immense! Vous ne pourriez
pas la contenir plus que moi.

Depuis un moment, ils n'étaient plus
seuls, Maxham les écoutait. La reine rencontra le regard aigu de l'espion du roi.

—Relevez-vous, Sir Seymour, dit-elle avec
une dignité mélancolique; nous sommes
perdus tous deux. Seymour l'interrogea de

l'œil. Le doigt de la reine montra Maxham :
Cette femme nous a entendus ; demain,
dans un moment peut-être, Henry VIII saura
tout. Le Parlement et les Communes sont
pleins de déférence, notre procès ne se fera
pas attendre. Henry a pressé le supplice
du duc de Norfolk, il pressera le nôtre.
Mais que faisait donc Ellesmère?

— Ellesmère s'est endormie, Madame,
répondit Maxham. Oserais-je demander à
Votre Grâce pourquoi elle soupçonne ma
fidélité. Je puis aussi bien qu'Ellesmère
garder les secrets de ma reine.

—Épargnez-moi vos protestations, Maxham, éveillez Ellesmère et sortez ; vous en
savez assez, je pense.

Le regard de la reine et celui de sir Seymour accompagnèrent la délatrice.

—Je suis votre meurtrière, proféra Catherine accablée.

— Ne t'accuse pas, dit-il, c'est bien moi qui t'ai perdue.

Elle lui tendit la main.

— M'aimes-tu, Catherine?

— Oui, Seymour.

— Comme autrefois?

— Comme autrefois, comme toujours.

— Être aimé de toi! mon Dieu, quel bien suprême !

Il n'ajouta rien; on eût dit qu'il voulait se recueillir dans son bonheur, en sentir un à un tous les enchantements. Ce fut dans une ivresse heureuse, mais sans paroles, qu'il pressa Catherine sur son sein. Elle

y puisa des forces : car elle put se déga-
ger de l'étreinte passionnée.

— Nous allons mourir, Seymour. Il tres-
saillit, trop brusquement remis en face de la
réalité hideuse. Nous allons mourir, reprit-
elle d'un ton élevé et tendre. Des pensées
austères et telles que Dieu les veut au moment suprême, doivent occuper nos âmes.
Mettons-nous à genoux ; et que le dernier
sentiment qui nous sera commun appar-
tienne au ciel. Les hommes diront que nous
avons payé bien cher l'oubli d'un moment ;
mais nous, Seymour, nous accepterons la
mort comme le juste prix d'une iniquité
cachée. La femme de Henry VIII devait
oublier l'amant de ses libres espérances.
Au fond de nos cœurs pleurait une souffrance adultère. Nous aimions notre crime,
nous lui donnions de beaux noms.

— Eh! le contraire eût été impossible!
Dieu, plus miséricordieux que les. hommes, Dieu, bien plus grand qu'eux tous,
nous pardonnera de n'avoir pu vivre sans
aimer. Il n'exige pas de la créature les forces qu'il n'a pas mises en elle.

—La volonté faiblit, quand l'âme est sa
complice. Nous avons tous la conscience
de nos actes.

Il la regarda avec admiration.

—L'échafaud n'effraie pas ton courage,
ma chère âme?

—Je ne le crains plus. C'est un moyen
violent pour entrer dans le repos; j'en aurais préféré un autre: mais avons-nous le
choix?

— De belles années nous étaient encore
promises.

— Il y a dans la vieillesse des heures bien froides, bien lourdes à porter. Et puis il vient un jour où le cœur se lasse des affections généreuses. Quand on ne peut plus s'intéresser qu'à soi, vaut-il la peine de vivre ? Alors, Seymour, c'est l'intelligence qui vous abandonne, c'est la lumière qui se retire de vous.

Ils se prosternèrent hauts et calmes. Les sanglots d'Ellesmère se mêlèrent à l'acte religieux. La reine consola la pauvre affligée.

— Adieu, Seymour, dit enfin Catherine, nous ne devons nous revoir que devant les juges. Là nous serons diffamés ; on mettra notre honneur bien bas. Vous apparaîtrez comme un vil séducteur et moi comme une impudique. Sortez, de grâce,

ajouta-t-elle, que je ne vous voie pas arrêter sous mes yeux!

Sir Seymour s'était à peine éloigné, que
la reine reçut l'ordre de ne point quitter
sa chambre. Des gardes sévères furent placés à la porte. Dans cette veille d'isolement,
la fragilité de la chair se montra plus d'une
fois. S'élevant de la nuit de la vie aux clartés éternelles, elle retombait le moment
d'après dans de sombres angoisses. Le jour
vit continuer cette agitation. Quand la
seconde nuit vint, elle sentit du calme plus
long-temps. La nature divine termina enfin
cette lutte; il n'y eut plus de trouble dans
l'âme de Catherine. Amour si doux, com-
munion enivrante des âmes; effroi de la
honte, effroi de la mort, tout s'anéantit
devant cette pensée infinie, Dieu.

Elle était dans cette disposition, quand

un grand retentissement de pas et de voix
troubla ce palais, mystérieux. Un cri re-
tentit puissant et solitaire : Le roi est
mort ! Catherine s'évanouit. Le sentiment
lui était à peine revenu, qu'il se mêla dans
son sein au plaisir de vivre, l'amertume
qu'il lui faudrait une autre fois encore apprendre à mourir.

« Que fait l'homme, a dit un sage de
« nos temps, avec des affections mortelles
« dans son cœur et l'infini dans sa pensée ?
« Quel vide il se prépare ! que de trouble
« entre deux lois si différentes ! (1).

Sir Anthony Denny parut grave et af-
fligé devant la reine. Il lui annonça qu'elle
était libre et que Henry VIII n'était plus.
Catherine s'inclina dans un douloureux
respect. C'était sir Anthony Denny qui
avait eu le courage de dire au roi que sa

(1) De Sénancour. *Rêveries.*

fin était prochaine, que cette nuit était sa
dernière nuit de souverain et d'homme.
Le haut condamné demanda Cranmer qui,
toujours fidèle, accourut auprès de ce lit
d'angoisses. Le maître cherchait des sons
humains et n'en trouvait plus; son cœur
vivait encore, que déjà sa parole, redoutée
si long-temps, était morte. Cranmer, rete-
nant sa douleur, lui demanda un signe
pour attester que lui, Henry VIII, expirait
dans la foi de Jésus-Christ. Le mourant
lui serra doucement la main. A quelques
minutes de là, il entrait dans son éternité.
Henry avait marqué l'heure de midi pour
l'heure de mort de Norfolk. Bien avant
cette heure, il n'était plus lui-même qu'un
froid cadavre, et Norfolk échappait à la
volonté de meurtre.

**V.**

# L'Ambitieux.

La négligence à certaines heures est
de l'insensibilité, les paresses du cœur
sont des oublis.

*Emile Souvestre.*

Ils dansent tous, ces fous ! Ils sont maîtres du monde ;
Ils s'en vont en chantant sur notre mer immonde,
Sans boussole et sans ciel, matelots emportés ;
Ils ne regardent pas le grand vent qui se lève,
Ni l'Océan qui monte et qui jette à la grève
Son écume orageuse et ses flots irrités.

*S. Pécontal.*

Nous retrouvons Catherine Parr, non
plus l'épouse humiliée et craintive de Henry VIII, mais l'épouse de Seymour, devenu
lord de Sudley et amiral d'Angleterre.
Respira-t-elle enfin de ses longues angoisses ? Y eut-il dans son cœur ces délices
qu'on rêve éternelles et souveraines, qui
donnent l'aversion de la mort et font de

la terre l'Eden où toujours l'on voudrait
vivre? Oui, ces richesses d'âmes que l'imagination la plus merveilleuse ne conçoit
qu'imparfaitement, Catherine les posséda
un jour. Aux ivresses de la passion se mêlèrent de chastes espérances; son sein était
devenu fécond, elle se sentait mère. Alors
Seymour fut un dieu pour elle. Mais déjà
il ne donnait plus à sa tendresse qu'une
attention distraite ou forcée, un sourire
de complaisance. Les instants qu'il passait
auprès d'elle étaient rares; ce n'était pas
d'elle qu'il lui parlait alors, c'était du besoin impérieux d'élévation qui dévorait
son âme. Une plainte amère se mêlait à
tous ses épanchements : le comte de Hertford, son frère, créé duc de Sommerset,
était protecteur du royaume; il devait à
l'extrême jeunesse d'Edward VI une autorité presque illimitée. Par quel mérite

Hertford avait-il obtenu cette suprématie ?
Comment tant d'hommes de cœur cour-
baient-ils. la tête sous cette volonté mé-
diocre ?

-- Ne vous suffit-il pas, disait Catherine,
d'avoir la conscience d'être au-dessus des
honneurs? Une chute est bien à craindre
quand on est placé trop haut.

— La chute, mille fois la chute, s'il le
faut! criait le superbe. Mais que, jusqu'à
mon dernier moment, je proteste contre
un rang inférieur, quand je sens s'agiter
en moi l'instinct des nobles efforts et les
vastes pensées. Rester immobile, c'est re-
nier sa force. Catherine, je ne grandirai
pas seul, tu grandiras avec moi! Chaque
pas que je ferai vers un destin plus haut,
tu le feras aussi !

— J'ai été reine, lui répondait Cathe-

rine ; et j'ai pleuré souvent sur ma triste
dignité : le repos me serait bon.

— Tu étais l'esclave de Henry VIII, et
non pas une reine. Et notre enfant, veux-
tu qu'au nom de son père il baisse un
jour la tête? Ce sera un fils, je dois lui
frayer une voie où il marche retentissant
et libre.

Cette passion violente, qu'entouraient
les périls et la haine, avait bien ses nobles
séductions. Seymour était d'ailleurs si
beau, si puissant de son génie, de la
flamme intérieure qui l'illuminait soudain ;
il planait en ces moments d'ivresse si fort
au-dessus des autres hommes, que la timide femme ne trouvait plus dans son
âme que des sentiments prosternés, ou
bien elle subissait le même vertige d'ambition ; elle se laissait emporter à l'audace
de cette parole dans la région perdue. Son

savoir même venait à l'appui des dispositions présentes. Suivez-la dans sa pensée :
Dieu façonne des êtres à son image. Ces
êtres, sortis de leur néant, se sentent vivre,
s'exaltent et marchent à la révolte contre
leur Créateur. Tous les peuples ont gardé
la mémoire de cette race primitive, c'est
un symbole profond ; c'est la lutte de l'humanité en servitude contre la puissance
éternellement agissante, invincible et cachée. Au commencement, comme à pré-
sent, comme toujours peut-être, la protestation de l'esclave : Pourquoi un maître ?
de qui tient-il le droit de vouloir et d'as-
servir ? Et Luther, qu'elle vénérait, n'avait-
il pas dit : « L'homme ne peut pas natu-
» rellement vouloir que Dieu soit Dieu ; il
» aimerait mieux être Dieu lui-même, et
» que Dieu ne fût pas Dieu ? »

Quand elle se trouvait à l'abri de l'ora-

geuse influence, elle revenait aux hum-
bles et tendres désirs; elle se disait avec
douleur qu'une passion forte règne solitaire dans l'âme, que sa durée est marquée
de puissance et d'égoïsme; elle se disait encore, avec une douleur différente, que l'orgueil tout personnel exaltait Seymour. Voir
des hommes à genoux devant lui, jouir de
leur infériorité, sentir qu'ils porteraient
envie à son éclatante fortune, c'était là
surtout le mobile du superbe. La volonté
du bien, ce mérite des hautes ambitions,
n'apparaissait dans son âme que semblable
à une lumière lointaine et vagabonde qui
s'éteindrait tout aussitôt. Il avait une énergie indomptable, mais cette énergie ne
profitait qu'à lui. Le bonheur même? il n'y
pensait pas. S'il disait ce grand mot, c'était
sans y attacher le sens vrai.

## VI.

## Tout passe.

De douleurs sans espoir mon ivresse est suivie,
Mes jours désenchantés sont dès tiges sans fleur ;
Et vainement le sort voudrait parer ma vie,
Puisqu'il ne m'aime plus, que faire du bonheur ?

*Honoré de Sussy.*

L'orage des passions s'apaise devant
la froide image de la mort; et les voix
éternelles de l'infini font taire les voix
passagères d'ici-bas.

*Charles Didier.*

« Qui peut se flatter de serrer un *moi*
contre son *moi* (1)? » Catherine avait ab-
diqué cette croyance des âmes jeunes et
passionnées. Ses heures d'intérieur, celles
qu'aurait pu embellir l'amour, passaient dé-

(1) Jean-Paul Richter.

vastées et solitaires. L'angélique illusion ne
vivait plus en elle; c'était un sentiment ron-
geur qui l'avait remplacée et qu'elle sentait
devoir subsister toujours plus violent et plus
sombre; c'était le fantôme de ses bonheurs
perdus marchant devant elle, inévitable et
toujours grandissant, et l'enveloppant de
l'ombre mobile et froide qu'il étendait sur
sa route. Une épreuve lui restait à subir,
son cœur s'y brisa. Ce ne fut pas assez des
préoccupations de l'amant, de son indifférence, de son oubli devenu profond; il
en aima une autre. Une plainte inutile ne
déshonora pas le malheur de la pauvre
abandonnée. Toutes les tempêtes éclatè-
rent impétueuses, ardentes, dans son sein;
mais au dehors elle resta paisible. Jusqu'au
bout elle se montra grande, patiente et miséricordieuse; il ne sut pas qu'elle mourait par lui. Quand de tendres lueurs

éclairaient son visage, c'est qu'elle essayait de reprendre aux enchantements évanouis.

Un jour de passion profonde où s'unissent les deux natures, révèle des joies indicibles : il ne se lèvera pas deux fois dans la même vie. Alors on pourrait avoir l'effroi de tout changement : l'inconnu ne dévore plus la pensée; le délire de l'infini, ce tourment inapaisable et sublime, ce cri de l'âme en détresse, que rien n'a satisfait, s'assoupit dans la magie présente, comme s'il n'était rien au-delà. Une minute, une seule minute, *l'attente confuse de félicités infinies* (1) est suspendue, l'existence est complète. Le temps qui suivra cet immortel souvenir sera tout un chant de regret et aussi de vain espoir. Quelle passion se

(1) N. A. de Salvandy.

maintient à l'ivresse heureuse des com-
mencements? Où est celle qui a gardé sa
fraîcheur et son délice de nouveauté? Pour
qui donc ont-elles duré toujours ces heures où l'on était avide des paroles l'un de
l'autre ; où chacune de ces paroles tombait comme un doux mystère dans l'âme
qui les écoutait, lui semblait encore sa
propre révélation ; où le silence même
avait son langage à la fois adoré et compris? Mystère ineffable, religion ardente du
cœur, volupté venue du ciel et que le
temps ne mesure pas, éclair fugitif de l'é-
ternité! Aux magnificences de l'illusion,
succèdent les amères ou monotones dé-
couvertes. Cet être, déifié tant de fois par
la grandeur du désir, a trop des besoins et
des imperfections de tous ; sa splendeur
est mêlée d'ombre. Fils de Dieu et de
l'humanité, il rappelle ses deux origines

par la sublimité de quelques actes et la
petitesse de quelques autres. L'amour mortel, tout immense qu'il semble, n'est que
le pressentiment de l'amour infini. Que
d'âmes gémissantes ont le cri profond du
poète :

Oh ! quelle ombre ici-bas mon âme a poursuivie (1) !

Catherine l'avait senti. Elle prit en
haut dédain cette vie, devenue pour elle
une tourmente secrète ou bien une fatigue morne, accablante, sans repos. Toutes ses aspirations allèrent à la mort. Une
nuit qu'elle était bien désolée, elle écri-
vit à M. Norris :

« Savez-vous, mon père, que Seymour ne
m'aime plus, savez-vous que je meurs ? Ne venez
pas à moi; votre charité, toute forte, toute généreuse qu'elle est, ne pourrait me tirer de l'abîme

(1) Sainte-Beuve.

que m'ont creusé les désespoirs. Il ne sait rien, lui,
de mon état. Tout ce qui me reste d'énergie et de
volonté fière et tendre, je l'emploie à lui cacher
le mal dévorant qui, semblable au faucheur de
l'Ecriture, moissonne hâtivement mes années. Je
ne veux pas assombrir son destin. S'il pleure, que
ce soit pour moi, uniquement pour moi, sans y
mêler la honte... Mon père, je ne suis pas toujours
à cette hauteur de sentiment; ma misère a souvent son cri. Seule avec ma pensée, je demande
compte à cet homme de la malédiction répan-
due sur ma vie, je lui demande ce bonheur qu'il
m'a repris si violemment; j'ai des ivresses de colère
contre Elisabeth Tudor. C'est elle qui l'a séduit :
périsse sa beauté! Voyez ce que je suis devenue;
il ne faut pas haïr, et je hais... Sans doute il aurait été plus grand de taire à jamais les torts de
Seymour; mais je n'ai pas assez de vertu. Qu'un
être, mon semblable, sache pourquoi je meurs!
Que ma mémoire vive tendre et malheureuse dans
une autre mémoire ! Il me disait un temps que j'a-
vais à la fois la beauté visible pour tous et la
beauté mystérieuse et attachante de l'âme qui a

vécu; beauté divine selon lui : maintenant il ne me
le dit plus...

» Les autres êtres s'agitent ; ils espèrent, ils
veulent, ils tiennent à l'existence par mille passions vivantes ; moi je traîne la mienne comme
un vêtement usé. Ce que j'étais, je ne le suis plus, je
ne le redeviendrai jamais : les morts ne reprennent
pas à la vie. Amour, j'ai bu à ta coupe enivrante,
c'était du feu ; il a bien vite brûlé ma chair et
desséché mes os. La rosée du bonheur tomberait
en vain dans mon âme ; elle n'y féconderait que
des plantes amères. Où sont mes belles années ?
les campagnes étaient pleines de merveilles ; les
vents et les oiseaux me disaient des paroles en-
chantées ; les cieux m'apparaissaient brillants et
doux ; la lumière dorait les eaux, les montagnes,
et semait d'éblouissements l'herbe de la prairie.
Des parfums ravissaient tout mon être. La terre
fleurie de marguerites blanches, de primevères et
de violettes, me faisait de suaves, de tranquilles chemins. Tout buisson avait sa mélodie. J'aimais
l'ombre, la fraîcheur, le murmure des grands
arbres ; j'aimais la petite source courante : ma
vie était partout... Anna a vécu de ces bonheurs

avec moi!... Maintenant je n'entends que sons
funèbres ; je cherche le soleil, il me semble pâle
et ne m'échauffe plus , les fleurs même ont perdu
leurs senteurs ; le monde s'attriste et se plaint
avec moi. Est-ce lui qui a changé ? non, c'est mon
âme qui a vieilli : l'hiver de mes ans est venu tout-
à-coup. Au tombeau, femme sans amour ! tu ne
sais plus la langue des vivants, tu as déjà revêtu
le suaire des trépassés. On me parle de mon enfant. Il n'aura pas les traits d'Elisabeth ; son père
ne l'aimera pas : qu'il meure sans avoir souffert
du froid regard des hommes ! C'est bien assez de
moi. Mais on revit ailleurs. Luther, laissez-moi vous
le nommer, Luther pense qu'on revivra avec son
corps. Moi, j'ai eu trois époux... Dites-moi bien
vite, mon père, que ce ne sera pas Latimer , que
ce ne sera pas Henry VIII que je retrouverai
dans l'éternité ! mieux vaudrait le néant. Dites-
moi que ce sera Seymour ; qu'il m'aimera sans effort, sans pitié ! Ma religion m'épouvante. Oh !
maintenant je comprends les veuves chrétiennes
des anciens jours, elles gardaient une fidélité aus-
tère au mort. Mais moi, mon père, je n'avais pas

commencé par Seymour. Ne le haïssez pas; est-
on maître de ses affections? Je lui pardonne et je
l'aime. Si vous saviez tout ce qu'il m'a donné de
vraie joie ! Je m'arrête à ce souvenir... Mon ami,
mon père, votre bénédiction ; et nous nous retrou-
verons au lieu où le cœur ne change plus. »

Catherine fut calme à son heure difficile : le prêtre était là pour l'aider à mourir.

L'année suivante, le 20 mars 1549, lord
Seymour, victime de ses jalousies de frère
et d'ambitieux, posait sa tête sur le billot.
Vous l'avez dit, poëte (1) : « Où donc est le
bonheur ? »

(1) Victor Hugo.

.

# HENRY DARNLEY.

## § IV.

# I.

# Délices et Tourments du passé.

Le livre de la vie est le livre suprême,
Qu'on ne peut ni fermer, ni rouvrir à son choix;
Le passage adoré ne s'y lit pas deux fois.
*A. de Lamartine.*

Le temps n'est qu'un composé de
petites vagues bien douces, bien calmes;
pourtant à la fin les cailloux les plus
durs et les plus anguleux s'y aplatissent
et s'y usent.
*Jean-Paul Richter.*

C'était par une matinée de mars, en
l'année 1566; deux femmes, assises en face
l'une de l'autre, s'entretenaient d'un air
ému dans une vaste pièce du château
d'Holyrood en Écosse. Quand on avait ar-

rêté ses regards sur la plus jeune, encore
au printemps de la vie, il fallait un effort
bien puissant pour les en détourner : jamais des yeux noirs empreints d'une grâce
plus séduisante, d'une majesté plus douce
et plus fière, n'avaient animé de figure
d'un ensemble plus ravissant. Des cheveux fins, soyeux, aux reflets bronzés,
faisaient ressortir la blancheur d'un front
charmant et pur. Le sourire, soit qu'il s'é-
panouît frais et confiant sur ses lèvres,
soit qu'il s'y montrât mélancolique ou
réservé, remuait dans les cœurs toutes
les sympathies. L'élégance de sa taille, dont
un corsage uni accusait rigoureusement
les contours, ne pouvait être comparée
qu'au moelleux et à l'imprévu de ses mouvements. De temps en temps ses doigts
erraient lents et distraits sur les cordes
d'un luth d'ivoire. Ils en tiraient des sons

capricieux, mais pleins de mélodie. Elle secoua la tête avec une expression de dé-
couragement; et des paroles tristes, mais
dites d'une voix qui savait le chemin de
l'âme, accompagnèrent ce geste :

— Ma sœur, il n'y a plus d'illusion. Aujourd'hui, une seule fois, Marie va verser
dans ton sein les douleurs qui tourmen-
tent sa vie. Henry Darnley se montre chaque jour moins digne de ma tendresse. Et
je l'ai tant aimé!... Il oublie que c'est à
moi qu'il doit sa haute fortune, le titre
envié de roi d'Écosse. L'accent de Marie
Stuart s'arma d'une fière amertume : De
qui s'entoure-t-il? de mes ennemis. Morton, Douglas, Rutwen, Lindesay, et bien
d'autres encore, bravent insolemment
l'indignation de la reine. La veuve d'un
roi de France, Marie Stuart, est outragée

dans le palais de ses pères. Certes! ce sont
là des affronts que n'endure pas une souveraine, et surtout la fille de Jacques V et
de Marie de Lorraine.

— Au nom de l'enfant que vous por-
tez dans votre sein, dit la comtesse d'Argyle avec un accent fort de supplication,
ne vous pénétrez pas d'un malheur qui ne
sera que passager!

— Si tu savais quelle lassitude de souffrance est en moi! Ma puissance me condamne à l'isolement; mais, comme tous
les êtres misérables, j'ai des larmes pour
soulager ma peine. Je les répands dans le
silence des nuits. Souvent elles me brûlent
le cœur, quelquefois elles me font du
bien. Dire que cette grande infortune est
mon ouvrage, c'est prononcer contre moi
une condamnation qui m'oblige à baisser

les yeux ; et pourtant je la mérite. Folle
que j'étais de compter sur l'affection et
la délicatesse d'un homme tout épris de
sa figure, et tellement au-dessous de sa
nation, qu'il n'a pas même ce courage in-
dépendant et féroce que tout enfant de
ces montagnes semble avoir sucé avec le
lait ! Ce fut avec un balancement de tête
expressif que la reine ajouta : S'il avait à
venger une injure, lui, un Lénox, un Stuart,
il armerait pour sa cause un poignard
étranger, sa faible main tremblerait de
porter le coup. Elle sourit amèrement :

— Quel roi! Sais-tu ce qu'il me dit
quand nous sommes seuls? Je ne suis rien
dans mon royaume, car je ne suis que par
vous. Si vous mouriez avant moi, ma
royauté tomberait avec la vôtre. Il voudrait que Marie Stuart, si convaincue de

son incapacité, rendît la couronne héré-
ditaire pour lui. C'est bien assez, mon
Dieu! d'avoir associé sa vie à la mienne,
sans imposer encore le malheur à mon
peuple! Que s'inquiète-t-il de l'avenir?
moi, je désire que cet avenir m'oublie.

La comtesse d'Argyle pâlit sous le regard sombre de Marie Stuart.

— Vous êtes reine, Marie, vous vous
devez à l'Écosse. Cet avenir peut être doux.
Qui oserait pénétrer les secrets desseins
de Dieu?

— Oh! répondit la reine, cet avenir s'a-
vance bien effrayant. Une voix qui ne
m'a jamais trompée, m'a dit que mes destinées de bonheur s'étaient accomplies en
France. La France! vois-tu, ma sœur, c'est
la terre du passé, c'est la douce patrie de

mes affections. J'y étais aimée! on s'y pressait en foule pour me voir, me bénir.... j'y avais fait quelque bien. Alors tout souriait à mes jeunes espérances.

S'abandonnant à l'attrait des souvenirs, Marie rappela ce jour où elle prononça un discours latin en présence de Henri II ,et de toute sa cour (1). Dans ce discours elle prouvait qu'il est séant aux femmes de savoir les lettres et les arts libéraux. Elle n'avait que quatorze ans alors

— Je vois encore, disait Marie, l'expression bienveillante du roi de France. Bien différente fut Catherine de Médicis, elle contracta ses beaux sourcils noirs; et ce fut avec une gaîté forcée qu'elle dit à Henry II : « Notre petite reinette écossaise n'a

(1) Brantôme.

» qu'à sourire pour faire tourner toutes ces
» têtes françaises. » Et c'était vrai, ajouta
Marie. Ah! il est doux d'être aimée !

— Vous le serez, ma sœur.

— Jamais. Le peuple serait disposé à
l'amour et à l'obéissance, que les nobles
et le clergé se soulèveraient encore. Il y
avait si long-temps qu'ils avaient cessé
d'obéir! Le nom de roi n'était pour eux
qu'un titre illusoire, propre tout au plus à
intimider les enfants et à faire rire les
hommes! Que leur importe un gouvernement régulier? l'anarchie est leur élément.
Qu'ont-ils à faire des lois? la dague ou le
poignard leur en tient lieu. Pourraient-ils
d'ailleurs assujétir leur haine impatiente
aux lenteurs de la justice? des vassaux ne
sont-ils pas toujours prêts à s'armer pour
leur querelle ? Les Ecossais m'aimer! oh!

non. Ne suis-je pas catholique romaine?
Zélateurs fanatiques d'un culte nouveau,
ils ont proscrit la religion dans laquelle
vécurent et moururent leurs pères ; la religion des Vallace et des Bruce est dans l'opi-
nion du clergé une source d'impiétés, et
pour tous les réformés une farce impie et
monstrueuse, une folie..... Pourtant, Dieu
m'est témoin qu'à moins d'abjurer cette
foi, consacrée par tant de miracles, cette foi
qui fut celle de ma mère, j'ai tout fait
pour me concilier l'amour de cette nation.
Faisant taire mes affections les plus chères,
j'ai donné la préférence au parti des réformés : titres, emplois, dignités, tout ce qui
flatte l'orgueil, ils l'ont obtenu de moi. Ces
actes d'abnégation n'ont été pour eux que
des actes d'hypocrisie ou de faiblesse. Eh!
ne sais-tu pas de quels noms me flétrit
John Knox, ce ministre fougueux de la

réforme? Je suis une idolâtre, une Jézabel...
Qu'ai - je vu au château d'Edimbourg
alors que j'y ai dîné, entourée des barons
du royaume? des peintures révoltantes, le
supplice de Dathan et d'Abiron. Es-tu
quelquefois entrée dans leur temple? j'y
suis entrée, moi. Sais-tu quels vœux, ou
plutôt quelles malédictions, s'élèvent vers
le trône de l'éternelle miséricorde? le sais-
tu? John Knox prêche ouvertement la
rébellion; Knox demande à Dieu qu'il
change le cœur endurci de la reine, ou qu'il
daigne fortifier le cœur et le bras de ses
élus pour les mettre en état de résister à
la rage des tyrans (1)! Il dit à ce peuple as-
semblé qu'une messe est plus redoutable
qu'une armée de dix mille hommes débar-
qués pour envahir l'Ecosse (2). Ce même

(1) Knox.
(2) Keith.

Knox eut un jour l'impudence de braver le
roi en face. Du haut de sa chaire, il osa bien
lui dire que, pour châtier les offenses et
l'ingratitude des peuples, Dieu les abandonne à la domination des femmes et des
enfants (1). Te le dirai-je ? il a vu mes larmes. Oui, moi reine, j'ai pleuré, vaincue
par les injures d'un fanatique, j'ai pleuré
sous son rire féroce. Tiens, ajouta la reine,
qui s'animait de sa propre indignation,
tiens, tu connais ce livre; il te dira tout
Knox et presque tous les réformés.

La comtesse d'Argyle reçut le livre de la
main de Marie Stuart ; et tout de suite elle
en lut le titre : *Premier son de la trompette
contre le gouvernement monstrueux des
femmes.*

(1) Keith.

— C'est affreux ! dit la comtesse.

— Et moi, dans mon ardent amour du bien, oubliant que les réformés avaient voulu massacrer le prêtre dans ma chapelle même où il offrait le divin sacrifice, je donnai une proclamation qui déclarait leur doctrine inviolable et sacrée, et faisait un crime capital de toute entreprise tendant à détruire ou seulement à altérer cette doctrine. Mes bienfaits, l'impunité, ne servirent jamais qu'à les enhardir. Et pourtant j'aimerais à les voir heureux.

— Lassés de persécutions, ils consentiront à vous devoir leur bonheur.

— Est-il bien en mon pouvoir de le faire? Quelquefois je m'interroge sur ma destination individuelle, je cherche à lire dans le passé le but de ma vie, le secret de

l'avenir ; et une profonde horreur s'empare
de tout mon être. Marie Stuart a été fatale
à tout ce qui l'aima. La reine demeura
comme écrasée sous le poids de ses sensations. Elle reprit d'une voix lente et bien
triste : Mon père, à son lit de mort, apprend
qu'il lui est née une fille. Il ne se réjouit
pas ; il ne demande pas à la voir, à lui donner les doux baisers de père ; mais il pousse
un gémissement sombre, et sa voix dit les
malheurs de l'Écosse : « La couronne est
» venue par une femme, elle s'en ira de
» même. Bien des maux vont accabler ce
» pauvre royaume. » Il avait prédit juste : la
jalousie de l'Angleterre arma les factions
rivales autour de mon berceau. Ma mère,
que sa mémoire soit bénie ! me conduisit
dans un monastère isolé, au milieu d'une
île déserte. J'y passai des jours que ma
gaieté d'enfant pouvait seule égayer.

La reine garda le silence un moment et sourit avec une grâce mélancolique aux paroles d'affection que lui dit la comtesse d'Argyle.

— Tu m'aimes, toi. Elle reprit, non sans douleur : Quels souvenirs ! La voix de mes quatre Marie (1) se mêlait à la voix des ora ges, au murmure des vagues expirant sur la grève, aux cris rauques et sinistres de l'oiseau du rivage qui domine les bruits de la nature et prédit la tempête. Ce concert de sauvage harmonie était bien en rapport avec ce que me gardait l'avenir. Que souvent ma mémoire en a été frappée !... Je n'avais pas six ans, que ma mère, me pressant dans ses bras, me dit un triste adieu, et confia mes frêles destinées au caprice des

(1) Quatre jeunes filles du nom et de l'âge de Marie Stuart que la reine-mère avait données pour compagnes à sa fille, et qui suivirent ses destinées errantes.

mers. La fille des rois d'Écosse allait chercher en France un toit où elle pût dormir
sans péril, où sa jeune tête ne fût pas ex-
posée au poignard des assassins. Là j'ai
vécu.... mon doux passé est là.... Toujours,
quand je veux une émotion qui rafraîchisse
mon sang, qui donne du calme à mon
cœur, c'est à la France que je la demande.
Que de fêtes et d'éclat et d'amour entourèrent la jeunesse de Marie! Je devins reine
d'une nation qui m'idolâtrait. Deux années
d'enchantement, deux minutes passèrent
dans ma vie; tout changea soudain. Mon
jeune époux, affaibli par une maladie de
langueur, mourut qu'il avait à peine dix-
sept ans. Oh! ce fut un horrible moment
que celui où je recueillis les dernières paroles de François! Je vois encore sa pâle
et mourante figure, j'entends l'adieu péni-

ble mais bien affectueux qui sortit de ses lèvres.... Dix-huit mois après cette perte de cœur, il fallut me rappeler que j'étais reine d'Écosse, il fallut m'exiler de France. Au-delà des mers j'avais vu mourir mon époux, ici je vis tomber la tête d'un homme qui m'aimait. Et ce pauvre Rizzio, ma protection lui est-elle assez funeste? C'est à qui lui prouvera sa haine et ses mépris. Oh! depuis que j'ai quitté la France, je n'ai eu que des chagrins. Les larmes de Marie interrompirent son récit.

— Toi, ma sœur, tu n'as jamais connu la France, toute ta destinée appartient à l'Écosse; mais moi... Il n'était pas difficile de compléter l'idée de la reine. Je m'embarquai à Calais; un vaisseau périt à ma vue : il y avait des épouses, des mères!

Tant que mes yeux purent apercevoir les
rives aimées de la France, je ne cessai pas
de les y attacher. La nuit me surprit dans
cette contemplation, et je couchai sur le
tillac; et le lendemain, quand le brouillard
fut dissipé, je vis encore la France. Adieu,
France! m'écriai-je, adieu, je ne te verrai
plus (1)! J'y laissai tout, ma sœur, la confiance, la sécurité des belles années. Treize
ans auparavant, j'avais échappé aux intri-
gues d'Edouard VI, j'échappai alors aux
vaisseaux qu'Elisabeth avait semés sur la
mer, et j'abordai sur ma terre natale. Ce
n'était plus la France, et son doux ciel, et sa
belle nature; ce n'était plus la France
avec sa civilisation toute féerique et
pleine d'élégance et de courtoisie, reflet
des jours de gloire de François I$^{er}$ et de

_____

(1) Keith.

Henri II: c'était l'Ecosse; l'Ecosse inculte,
avec son âpre climat, son langage rudement
accentué, sa simplicité sauvage et féroce,
ses hommes de fer. Le croirais-tu? je pleu-
rai en voyant les brillants Français qui
avaient passé les mers pour me suivre, montés sur de misérables haquenées. Et le soir,
à l'abbaye de l'Islebourg, où je passai la
première nuit, j'entendis la musique la plus
discordante. Qu'est-ce donc? demandai-je
à Brantôme. Il mit la tête à la fenêtre, et
me dit : Ce sont cinq à six cents marauds
qui viennent vous donner aubade de mé-
chants violons et de petits rébecs, dont il
n'y a faute en ce pays ; quelques autres
hurlent des psaumes d'une voix croassante;
et tous ont ce manteau bariolé de mode
sauvage, que Votre Majesté appelle plais,
et sous lequel elle se montra d'abord à la
cour de France blanche comme la neige et

souriante comme une déesse. Je regardai
Damville, le jeune descendant des Mont-
morency; il soupira.

Marie eut un soupir bien triste et bien
profond. Elle prit la main de la comtesse
d'Argyle dans les siennes :

—En Écosse, il me fallut recommencer la
vie; il me fallut rapprendre à vivre : coutu-
mes, mœurs, législation, tout m'était étranger. J'arrivais avec des idées, des opinions
formées; il fallut y en substituer d'autres.
Je ne connaissais pas mon peuple, il ne me
connaissait pas non plus ; nul souvenir ne
nous liait l'un à l'autre. Il n'est pas facile de
gouverner cette Écosse. L'avarice des
grands, leur coupable rapacité, a multiplié
les mécontents et les misérables; presque
tous ont agrandi leurs domaines par la
fraude et la violence. Comme le Gaulois

Brennus, ils ont pour équité le droit du
vainqueur. C'était peu des intérêts privés,
il a fallu que le fanatisme religieux y mêlât
ses fureurs; il a fallu qu'une femme, une
reine, ma parente, s'unît à mes ennemis.
Élisabeth m'est bien funeste.

— Avez-vous entretenu Melvil en particulier? demanda la comtesse d'Argyle;
peut-être les dispositions de la reine d'Angleterre ont-elles changé.

— Dieu le veuille! Melvil a été reçu
hier en audience solennelle; je l'attends
aujourd'hui. Tu jugeras toi-même des
sentiments d'Élisabeth envers nous. Je ne
connais pas d'homme plus propre que
Melvil à déjouer les calculs de la politique
la plus adroite : il enveloppe d'ailleurs sa
profondeur et son impénétrable réserve
de formes tellement gracieuses et légères,

il affecte une confiance si vraie, qu'on est
sous sa puissance quand on croit le tenir
sous la sienne.

## II.

## Une coquette sur le trône.

> Il n'est point de supériorité morale
> qui ne trahisse l'homme par quelque
> faiblesse ; et si l'homme était parfait, il
> ne serait plus question de le peindre, il
> suffirait de le nommer.
>
> *Charles Nodier.*
>
> Quand on voit le derrière des cou-
> lisses, on n'admire guère la décoration.
> *Madame du Deffand.*

L'entretien intime de la reine et de la comtesse d'Argyle fut interrompu par l'arrivée de sir Robert Melvil, ambassadeur d'Écosse à la cour d'Angleterre. A son aspect, la figure de Marie s'anima soudain

d'une expression de gaieté malicieuse ; sa
voix trouva des inflexions naïves, mignar-
des et doucement ironiques : c'eût été un
changement inexplicable pour quiconque
n'eût pas connu le caractère mobile et
impressionnable de Marie Stuart.

— Eh bien ! Melvil, demanda la reine,
notre sœur est-elle toujours disposée à
l'affection pour notre auguste personne?

Un sourire, immédiatement réprimé,
traduisit la pensée de sir Robert Melvil.

— La reine d'Angleterre n'a pas toujours trôné en présence de l'ambassadeur
de la reine d'Écosse, répondit-il en faisant une profonde inclination.

— Dites aussi l'ambassadeur du roi, sir
Robert; il né vous est pas permis d'oublier
que l'Écosse a salué du titre de roi l'époux,

de Marie Stuart. Ces mots dits avec une
nuance de sévérité, la reine reprit son ton
de bonté familière et gracieuse. Élisabeth
ne s'est donc pas toujours montrée entourée de ses fiers barons? Qu'est-elle
comme femme?

— Votre Majesté permet-elle à un sujet loyal d'exprimer franchement son opi-
nion?

— Nous vous l'ordonnons, sir Robert.
Les intérêts du royaume, ajouta Marie
avec l'accent d'une grave mélancolie, exi-
gent que nous fassions une étude de la
reine d'Angleterre. Parlez, je vous écoute.

— La reine d'Angleterre est sur le trône
un grand homme et un despote plein d'as-
tuce et de cruauté; dans l'intimité elle a
toutes les faiblesses d'une coquette vul-

gaire; et, comme elle n'en a pas toujours
le sécheresse de cœur, sa conduite manque
souvent d'habileté. Que vous dirai-je madame? la vie privée d'Élisabeth est une
œuvre d'égoïsme et de petitesses.

— Sir Robert a-t-il vu lui-même, ou
s'est-il seulement éclairé des préventions
de quelque courtisan mécontent?

— J'ai vu, madame!

— Ah!

La dignité de la reine avait expiré avec
cette exclamation. Marie Stuart y avait
substitué une vivacité curieuse et tant soit
peu coquette; ce n'était plus la souveraine
qui interrogeait, c'était la femme. Une
telle nuance ne pouvait échapper à Melvil,
il poursuivit :

— Sa Grâce croira-t-elle que la reine

d'Angleterre déployait toutes les séductions de la toilette pour éblouir l'ambassadeur d'Ecosse !

—Allons donc, Melvil, c'est de la fatuité.

— Tous les jours la fière Elisabeth se montrait à moi, parée d'un costume nouveau et belle d'attraits étudiés.

— Que fait-elle de toutes ses robes ?

— Une collection, madame; le fait est qu'elle n'en donne point (1). Ce n'était pas assez des inventions de l'Angleterre, Elisabeth recourait aux inventions de l'étranger. Je l'ai vue successivement Française, Espagnole, Italienne....

— Italienne! interrompit Marie; mais elle n'était pas coiffée à l'italienne?

(1) Après la mort d'Élisabeth, on compta plus de deux mille robes qui lui avaient appartenu.

—Elle était coiffée à l'italienne, répliqua Melvil; ses longs cheveux blonds tombaient sur ses épaules.

— Blonds! vous n'êtes pas heureux en épithètes. Et nul Anglais n'a eu la noble franchise de dire à sa souveraine que ses cheveux brillaient d'un éclat trop ardent pour être exposés à la vue de simples mortels ? Leicester, par exemple?

— Leicester, madame, ne se soucierait pas de voir tomber sa tête. Un jour, continua Melvil, elle me fit une question singulièrement embarrassante ; elle me demanda laquelle des deux, Marie Stuart ou Elisabeth, était la plus belle; et de son regard froidement scrutateur, elle sondait ma pensée.

— Que répondîtes-vous, Melvil? Élisabeth vous mettait sur un terrain bien glissant.

— Votre majesté convient donc qu'il y aurait eu quelque mérite à ne pas faire une chute sur ce terrain. La reine fit un signe de sa belle tête. Eh bien! madame, reprit l'ambassadeur en affectant une défiance modeste, je crois que je ne fus pas trop malheureux.

— Voyons?

— Je répondis à la fille de Henry VIII que Marie Stuart était la plus belle femme d'Écosse, et Élisabeth la plus belle femme d'Angleterre (1).

— Il y a du génie dans cette réponse,

(1) Melvil.

dit la reine en se tournant du côté de la comtesse d'Argyle.

— La reine d'Angleterre en eût préféré une autre. Du moins, reprit-elle, votre reine n'est pas aussi grande que moi? Force fut à moi d'avouer que Votre Majesté l'est un peu plus. A cette réponse, la parole d'Élisabeth s'arma de sarcasme et d'aigreur pour me dire : Elle l'est donc beaucoup trop; car ma taille est dans les justes proportions (1).

— Élisabeth me hait, prononça Marie avec la lenteur de la réflexion, elle me hait, j'en suis sûre; ne le pensez-vous pas, Melvil? J'ai dix ans de moins que la fille d'Anne Boleyn : c'est bien assez pour la rendre implacable. Que ne m'envie-t-elle

(1) Melvil.

mon bonheur et les hommages dont m'entoure la respectueuse Écosse ?

— Votre Grâce dédaignerait la servilité
de la cour d'Élisabeth. On ne parle à la
reine d'Angleterre qu'humblement prosterné. Un geste de la main, que la bonté
dirige moins souvent que le caprice, au-
torise seul à se relever. J'ai vu les membres
des Communes, ceux qui représentent la
nation, s'agenouiller devant Élisabeth; et
attendre, pour quitter cette attitude, le
bon plaisir de l'altière princesse (1).

— Eh bien! Melvil, je suis fière de mon
Écosse; la fille de Jacques V règne au
moins sur des sujets qui sentent leur dignité d'hommes.

— J'ai même vu les plus grands sei-

(1) Hume.

gneurs fléchir le genou devant la table
d'Élisabeth, bien qu'elle ne s'y trouvât
pas. L'emportement de cette reine égale
son orgueil : plus d'une fois sa main royale
a flétri d'un soufflet la joue de ses filles
d'honneur (1).

— Entends-tu, ma comtesse? dit Marie
à sa sœur. C'est à s'affoler d'Élisabeth.

— Veut-elle se donner le plaisir d'une
méchanceté sans éclat, elle pince l'objet
de son dépit ou de sa colère (2); et une
disgrâce, dont la cause est habilement
déguisée, fait justice de l'imprudente qui
n'a pas su retenir ses larmes et dévorer
son affront.

— Et vous, mon pauvre ambassadeur,

(1) Hume.
(1) *Ibid.*

comment avez-vous trouvé grâce à ses
yeux?

— En portant une petite épée au côté
et une fraise moins large que celle de
quelques seigneurs qu'elle honorait d'une
aversion toute particulière. Ses regards,
souvent dirigés sur ces deux ornements,
m'ont donné le secret de plus d'une anti-
pathie. La reine déteste les larges fraises
et les longues épées (1).

— Que de grandeur et de petitesse dans
l'être le plus noble! s'écria Marie Stuart.
Qui oserait, mon Dieu, s'enorgueillir de
sa nature? Infirmités physiques, infirmités
morales, rien ne manque à la créature.
Abordant une autre idée : Élisabeth est
très érudite?

(1) Hume.

— Elle sait en effet le grec, le latin, le français, l'italien et l'espagnol (1). On dit qu'elle commence la traduction de Boëce.

— Oui, *La Consolation de la philosophie*. A quoi s'occupent ses dames?

— A lire, à coudre, à filer; les plus jeunes font de la musique.

— Plût au ciel qu'Élisabeth employât sa vie à conduire une plume ou une aiguille! Elle est bonne musicienne?

— Que Votre Majesté me permette la citation d'un fait : ayant appris de ma bouche que ma gracieuse souveraine tirait du clavecin des sons tels qu'en produisaient la lyre d'Orphée et celle d'Amphion, Élisabeth me fit un jour conduire

(1) Hume.

dans une pièce où elle jouait elle-même
du clavecin. Feignant un enthousiasme
passionné, j'entrai brusquement dans la
chambre de la reine. Elle se dressa devant
moi imposante et courroucée; je balbutiai
quelques excuses, je rejetai sur l'admiration l'action hardie dont je m'étais rendu
coupable; j'étais un sot.

— Comment cela?

Deux têtes de femme s'étaient avancées
pour mieux entendre la réponse.

—Élisabeth, reprit Melvil, me demanda
si la reine d'Ecosse jouait mieux qu'elle(1).

Un rire éclatant s'empara de Marie.

— A-t-on l'idée d'une vanité si puérile?
Mais au moins l'on s'exerce à mieux jouer

(1) Melvil.

son rôle, on ne met pas en dehors de si petites passions. Pensez-vous qu'elle persévère à n'avoir que l'État pour époux et les Anglais pour ses enfants (1)?

—Jalouse comme elle l'est de puissance et de liberté, je ne crois pas qu'elle s'associe jamais un époux.

— Le comte et la comtesse Catherine de Hertford ont-ils beaucoup d'amis à Londres?

— Qui oserait désapprouver tout haut les actes publics d'Elisabeth? On se contente de gémir en secret.

— Pauvre Catherine! La reine d'Angleterre n'est donc pas sûre de l'amour de

(1) Paroles qu'Élisabeth avait répondues aux députés des communes de l'Angleterre.

ses peuples, puisque la sœur de Jane Gray
ne peut être impunément épouse et mère?

— Elle redoute la puissance des souvenirs.

— C'est horrible! S'adressant à la comtesse d'Argyle : Conçois-tu une reine qui
fait enfermer deux époux, uniquement
parce que l'un des deux a le malheur d'être
de son sang et d'avoir des droits à cette
couronne qu'il faudra bien qu'elle abandonne un jour pour la tombe?

— Le comte et la comtesse se sont réu-
nis une fois, ajouta l'ambassadeur; et une
fois encore la grossesse de lady Catherine
a protesté de l'amour de son mari et de sa
fécondité.

— Mais cette reine veut donc que la
royauté expire avec elle?       .

— Ce qu'il y a de certain, c'est qu'elle ne peut souffrir tout être qui, par sa naissance, a des prétentions au trône; elle porte d'ailleurs envie à toutes les mères.

— Si elle craignait de descendre tout entière dans la tombe, ne ferait-elle pas choix d'un époux?

— On dit, madame, que ce n'est pas seulement par orgueil qu'Élisabeth condamne sa vie à l'isolement.

— Que voulez-vous dire, sir Robert?

L'ambassadeur parut embarrassé. Sans doute il hésitait sur la forme dont il revêtirait sa pensée; et pourtant la reine d'Écosse attendait, et déjà l'impatience se manifestait sur sa mobile et expressive figure.

—Eh bien! madame, on dit que la reine

d'Angleterre a la certitude de ne pouvoir jamais être mère.

Par un mouvement irréfléchi, Marie croisa les mains sur son sein, elle y sentit mouvoir son enfant; et un doux orgueil colora son front et ses joues.

— Je la plains, dit Marie; les joies les plus pures, les seules joies que le temps n'entraîne pas dans sa course, doivent être les joies de mère. Mais cette certitude ne devrait pas fermer son cœur à tout sentiment généreux? Je suis sa parente, son héritière naturelle; qu'elle m'aime, je le lui rendrai bien.

— Vous êtes sa rivale, madame.

— C'est vrai, je voulais l'oublier, et sa rivale détestée, je le sens, Melvil. Elle n'appartiendrait pas à la race des Tudors

si elle ne persécutait pas la descendante
des Stuarts. Il faut que vous écriviez tous
vos souvenirs, sir Robert, je les commu-
niquerai au roi.

La reine porta à sa bouche un sifflet
d'or attaché à sa ceinture par une chaîne
de même métal. Son souffle ayant produit
un son rapide et fort, elle ne tarda pas à
voir accourir une de ses femmes, qui, d'a-
près l'ordre royal, donna à sir Robert
Melvil tout ce qu'il lui fallait pour écrire.

Immédiatement après cette entrevue,
Marie fit prier le roi de venir auprès d'elle.
Henry Darnley, enfermé dans ce moment
avec plusieurs seigneurs, ses partisans, ne
se rendit pas ce jour-là au désir de la reine.

Ayant appris qu'il ne viendrait pas, la
reine fit venir ses Maries. Toutes quatre

s'occupèrent de charmants travaux de femmes; et, comme les belles néréides des Géorgiques, elles trompèrent le temps par d'agréables causeries. La reine en fit l'observation. Elle-même se mit à son métier de broderie et y déploya une ardeur singuliere : c'est qu'elle était près d'achever une tapisserie qui représentait le *Sommeil de Jacob*. Tout près d'elle, une corbeille délicate et riche contenait les pelotons de laine fine et aux couleurs variées qu'elle employait à son ouvrage. Quand elle eut fini la tête du patriarche hébreu, elle appela ses Maries pour qu'elles jugeassent de l'expression. Trois déclarèrent cette tête œuvre de fée, merveilleuse en tous points.

— Et toi ? demanda la reine à celle qui n'avait rien dit, et qui avait un visage pur et touchant comme une vierge de Raphaël.

— Moi, je la trouve belle et sainte.

— Toi seule as bien compris, dit la reine.

Elle demanda l'heure, et s'inquiéta qu'un marchand étranger qu'elle attendait ne fût pas encore venu. Depuis cinq minutes, il devait être là. Cet homme vint enfin; il tenait une boîte en ébène sculptée et fermée avec une petite serrure. Les yeux de la reine étincelaient d'impatience pendant que cet homme introduisait dans la serrure une petite clef en cuivre merveilleusement travaillée. Ce n'étaient pas des perles, des bijoux, que recélait cette cassette, c'était un manuscrit en parchemin. Marie le saisit, et y mit ce baiser de doux enthousiasme que la première femme de Louis XI, Marguerite d'Ecosse (1), avait

(1) Ce fut cette princesse qui, mourant à la fleur de l'âge,

mis un jour sur la bouche endormie d'A-
lain Chartier; et nul songe n'avertit le
poëte de son bonheur! Ce manuscrit était
un roman français, il avait pour titre :
**L'Histoire et Cronicque du petit Jehan de
Saintré et de la jeune Dame des belles
Cousines, sans aultre nom nommer.** L'or
écossais paya le manuscrit. De charmantes miniatures ornaient le haut de
chaque chapitre, et toutes les lettres
capitales étaient peintes et embellies de
figures symboliques.

Le manuscrit avait déjà été vendu bien
des fois et avait subi bien des fortunes diverses. Il avait d'abord fait les délices d'une
reine. Un duc, souverain en France, l'avait
ensuite acheté, pour la dame de ses amours,

___

épuisée d'amertume et lasse au dernier point, s'écriait : « Fi
de la vie, qu'on ne m'en parle plus ! »

à un prix fou. Il avait donné un pré, ayant
eau vive et courante, deux belles vaches,
un troupeau de moutons et les revenus du
péage d'un pont pendant un an. La dame,
devenue insoucieuse de la science par l'a-
bandon de son docte amant, se défit du
manuscrit pour une belle chaîne de fin or
et une pièce de satin de Venise. Le nouveau possesseur mourut à quelques années
de là en le sachant par cœur. Son fils, qui
n'aimait que le grand air et la vie aventu-
reuse et violente, peut-être parce qu'il avait
vu son père trop adonné aux occupations
tranquilles, vendit à un seigneur suzerain
le manuscrit en échange d'un bois, où il
pût se livrer, avec une meute de chiens bien
dressés, aux ardeurs sauvages de la chasse.
Tant que le dernier appréciateur vécut,
le trésor littéraire fut gardé avec une vi-
gilance inouïe à force d'être soupçonneuse.

Jamais il ne le lisait sans l'attacher par une chaîne d'argent à sa table de chêne. Plus tard le manuscrit fut volé par des Bohémiens; et peu s'en fallut que, sous ces maîtres ignobles, il ne servît à allumer les feux qu'ils faisaient dans leurs courses vagabondes : le hasard seul le sauva de cet affront. Survint l'invention merveilleuse de l'imprimerie, les manuscrits ordinaires perdirent de leur valeur matérielle : tel ne fut pas le sort de Jehan. Comment se trouvait-il dans les mains de ce marchand ? il ne le dit pas. La reine passa des heures à le contempler, à le lire, à l'écouter lire. Son ravissement était parfait.

# III.

## L'Outrage.

> Il y a des hommes qui, semblables à
> la terre, sont remplis de colossales pé-
> trifications. Au fond de leur cœur, déjà
> glacé, gisent quelques fleurs pétrifiées
> qui datent de leurs beaux jours.
>
> *Jean-Paul Richter.*

> Le mépris! Dieu puissant! voilà donc la science!
>
> *Alfred de Musset.*

> O malheur d'aimer sur la terre,
> S'il n'était plus rien au-delà!
>
> *Madame Amable Tastu.*

Henry Darnley Stuart, que Marie avait
donné pour successeur à François II, roi
de France, était dans la fleur de l'âge et
d'une beauté remarquable. Une analyse
approfondie de cette figure révélait une

âme étroite, aride et dominée par de petites passions. Il y avait un grand fonds de
suffisance dans ces sourcils qui se dessinaient mobiles et parfaitement arqués au-
dessus de son œil. La même expression
se retrouvait dans des narines qui s'en-
flaient d'orgueil ou de dédain ; dans un
sourire qui s'égarait sur des lèvres d'où
tombaient des paroles sèches, hautaines,
et souvent offensantes. Jaloux de toute
espèce de supériorité, le roi d'Écosse enveloppait sa nullité de formes tranchan-
tes et ironiques ; rarement il daignait se
montrer affable, tant il aurait craint de
compromettre sa dignité toute d'emprunt :
contraste choquant avec la recherche ef-
féminée de sa parure.

— En vérité, Sire, je commençais à dés-
espérer de vous voir, dit Marie, dont la voix

trahissait une légère impatience. Quelles
affaires importantes ont pu vous retenir
si long-temps?

— Est-ce donc pour être questionné
comme un enfant que je me rends à votre désir?

Un sourire de gaieté mélancolique et empreint d'une nuance de pitié, empêcha
d'abord Marie de répondre.

— Non sans doute, je ne me reconnais
pas le droit de vous faire des questions.
Changeant soudain l'inflexion de sa voix :
J'aimerais à vous lire des notes que m'a
données sir Robert Melvil sur la reine
d'Angleterre. Ce sont des communications
très curieuses.

— Il me semble, répliqua Henry avec
aigreur, que monsieur l'ambassadeur d'E-

cosse aurait dû d'abord les communiquer à son roi. Vous avez le secret, Madame, d'effacer tout ce qui vous entoure.

—Ces notes me sont tout-à-fait personnelles, répondit la reine d'un ton doux. Si elles avaient intéressé l'Etat, Melvil se serait fait un devoir de prévenir votre juste mécontentement. Voulez-vous en entendre la lecture?

— J'ai peu de temps à perdre. Ces notes, dites-vous, n'intéressent pas l'Etat. Que me sont-elles à moi? Je présume que ce sont des tracasseries de femmes : la reine d'Angleterre a peut-être plus de robes que vous; ou bien elle a la prétention de mieux danser, de s'habiller avec plus de goût et d'élégance. Que sais-je, moi, tout ce qui peut entrer de petitesses vaniteuses dans une tête de femme!

Un fier mépris étincela sur les lèvres de Marie, il passa rapide sur son front. Elle se contint.

— Rien n'est à dédaigner, Sire, quand il s'agit d'approfondir le caractère d'une ennemie aussi dangereuse qu'Elisabeth. Ce n'est pas seulement Marie qu'elle hait, c'est la nation tout entière. Les malheurs de l'Ecosse sont trop liés aux triomphes de l'Angleterre, pour qu'il soit permis de traiter légèrement rien de ce qui peut intéresser ces deux antiques rivales.

Henry Darnley répliqua avec ironie :

— Que peut craindre l'Écosse ? Marie Stuart sait aussi bien qu'Elisabeth faire et prononcer des discours en latin ; elle pourrait même au besoin être le Cicéron de son pays ; de plus elle sait combattre ;

ne l'a-t-on pas vue, les pistolets chargés, conduire à cheval ses troupes qu'enivrait un si beau spectacle (1)? Le sang des Ecossais a coulé, celui de l'ennemi serait-il plus précieux? Quand on a mis un frère dans la nécessité de s'exiler sur la terre étrangère (2); quand on serait toute disposée à livrer cette tête au bourreau, on peut bien défier une femme qui vous déteste. Marie fit un mouvement d'horreur. Oh! nous n'avons rien à craindre des menées d'Elisabeth, vous l'égalez en génie, et vous la surpassez en ruse et en courage. Une nièce des Guise ne saurait jamais être embarrassée.

— Henry! s'écria la reine, il y a bien de la cruauté dans ce que vous dites! Si

(1) Roberston.
(2) Le comte de Murray, frère naturel de Marie Stuart.

les discordes civiles ont éclaté dans mon
royaume, si le frère s'est armé contre la
sœur; si, malgré ma jeunesse et mon sexe,
j'ai bravé les horreurs de la guerre; si j'ai
versé le sang de mes sujets, c'est à vous
que je le dois, uniquement à vous. Le
comte de Murray avait toujours été fidèle
à Marie avant qu'elle eût déclaré qu'elle
prenait pour époux Henry Darnley. Vous
avez raison de vanter mon génie : il en a
fallu pour imposer à la nation la plus
fière et la plus belliqueuse de l'Europe, un
roi né sujet de l'Angleterre. Et ce sujet, je
l'ai proclamé roi d'Ecosse sans l'intervention de mon parlement. Un édit émané de
ma volonté l'avait fait roi, un autre édit a
associé son nom au mien pour tous les
actes publics (1). Et maintenant ce même

(1) Roberston.

Henry Darnley oublie que je l'ai trop aimé! Cela est triste à dire.

— Je n'oublie rien, Madame; mais ce Henry n'est pas parti de si bas que l'Ecosse dût le dédaigner; car enfin il est de votre sang, il s'appelle aussi Stuart. Sa mère n'est pas seulement une Douglas, une sujette de la reine d'Angleterre ou de la reine d'Ecosse, elle est aussi la fille de Marguerite, sœur aînée de Henry VIII : et si le droit n'est pas violé, si la nature ne trompe pas un espoir légitime, elle essaiera le trône d'Angleterre avant Marie Stuart. Quant à votre alliance dont vous faites tant de bruit, je ne sais trop vraiment quelle idée d'honneur je puis y attacher. Le favori d'Elisabeth, le vil, l'impudent Leicester, a dédaigné cette alliance proposée par sa reine et acceptée par vous. Et Leicester est sujet aussi...

—Moi! épouser Leicester! vous savez
bien que ma pensée était loin de lui, qu'É-
lisabeth elle-même ne m'offrait cette alliance que par une politique dont vous
n'ignorez pas les motifs. Henry, ajouta
Marie en levant sur le roi ses yeux humi-
des d'émotion, il fut un temps où votre
bouche ne s'ouvrait que pour me faire entendre les paroles d'une douce estime.
Vous m'aimiez alors.... Je n'ai pas changé,
Henry; vous seul n'êtes plus le même.

—Je vous trouvais des vertus de cœur,
il est vrai, mais alors je ne vous connaissais pas, Marie. Il ajouta d'une voix lente
et accentuée avec une inflexion toute particulière : Vous rappelez-vous Chastelard?

— Le malheureux! pourrais-je l'oublier?

— Eh bien! Madame?

Le roi, les bras croisés, accompagna cette question d'un balancement de tête ironique.

— Que voulez-vous dire?

Marie s'était levée imposante et offensée ; Henry la força à se rasseoir.

—Supprimez cette belle colère, Madame, elle est tout-à-fait absurde quand elle s'associe au souvenir d'un Chastelard. Vous êtes émue, je le conçois : il était jeune, sensible; il appartenait à cette nation d'efféminés que vous n'avez pas cessé de regretter ; et puis il n'était pas votre époux: c'est quelque chose, c'est tout pour certaines femmes. Marie le regarda: Oh! vous avez beau étaler vos airs de reine, ils ne sauraient m'émouvoir.

— De grâce, laissez au moins reposer un horrible souvenir!

— Oui, il vous idolâtrait, vous l'idolâ-
triez aussi; et le bourreau trancha cette
tête charmante!.... C'est que dans notre
vieille Ecosse, les épouses chastes ne sont
pas encore ridicules; les maris ont la faiblesse de n'aimer que leurs bâtards à eux,
ils abhorrent ceux de leurs femmes. C'est
que dans ce pays, que vous avez raison
d'appeler barbare, on ne veut pas de reine
qui se prostitue. Ce fut avec une sinistre
expression qu'il ajouta : Marie, vous avez
été élevée à la cour de Catherine de Médicis, mais ce qui est bien en France pourrait en Écosse faire lever plus d'un poignard. Que voulez-vous? nous avons hérité
des préjugés de nos pères.

— Il y a des accusations, Mylord, aux-
quelles une femme ne saurait répondre
sans se dégrader.

L'accentuation de ces mots avait été calme et ferme.

— Direz-vous que ce jeune Chastelard ne s'est pas deux fois introduit dans votre chambre et même caché sous votre lit?

— Et vous, Mylord, feignez-vous d'oublier que mes cris ont dénoncé une coupable espérance, qu'ils ont conduit le misérable à l'échafaud? Ces cris, oh! je voudrais les avoir retenus!

— Une fois déjà son insolence avait échappé au châtiment, répliqua Henry avec intention. La reine sanglotait. Vous pleurez, c'est folie! N'avez-vous pas un consolateur? Qui l'ignore.

Elle avait relevé la tête; et de son regard indigné, elle demandait l'explication de ces paroles. Lui, sans être ému par tant

d'affliction, appuya ses deux bras sur la
table devant laquelle la reine se tenait
immobile; et là, face à face avec elle, ses
yeux menaçants et pleins de haine attachés
au front pâlissant de Marie, il continua
d'une voix rude :

— Un vagabond, las de traîner sa misère et son opprobre dans le Piémont sa
patrie, vint en Écosse à la suite de l'ambassadeur de sa nation. Le mendiant fut d'a-
bord repoussé par le dédain; mais il avait
une voix de femme; sa main, inhabile
aux armes, savait caresser un luth; les
affronts appelaient des sourires sur ses
lèvres prostituées à tous les genres de
mensonges. Il se fit entendre de Marie
Stuart; et l'écume du Piémont, le rebut
des femmes de l'Écosse, intéressa la reine.
Comblé de hautes faveurs, il échangea ses

vêtements grossiers de gueux contre le velours, les dentelles et les pierreries; il
osa traiter d'égal à égal avec ceux qui
l'avaient écrasé de mépris; il affecta toute
l'insolence d'un parvenu. Un jour la reine
d'Écosse le nomma son secrétaire privé,
un autre jour elle en fit son amant. Je lui
succédai un moment..... j'étais une nouveauté! depuis il a repris ses droits. Marie
Stuart, n'est-ce pas là l'histoire de David
Rizzio?

— Vous êtes un infâme! dit la reine en
se levant. C'est maintenant que vous m'ap-
paraissez sous votre jour véritable. Henry
Darnley, il y a des paroles dont la mort
peut seule effacer le souvenir; vous venez
de les prononcer, elles élèvent entre vous
et moi un mur insurmontable. Honte sur
vous, roi d'Écosse, qui flétrissez la reine

de soupçons avilissants; malheur à moi
qui les ai entendus!

— Et vous nierez peut-être, s'écria
Henry, les dents serrées, que ce Rizzio est
votre amant!

— Il est mon secrétaire et rien de plus,
vous le savez bien.

— Un secrétaire a d'étranges priviléges,
sang-dieu! il se penche à votre oreille, il
passe des heures entières seul avec vous.

— J'avais cru, répondit la reine avec dignité, que ma vie passée devait suffire
pour me défendre de l'outrage? L'extrême
laideur de ce Rizzio était encore un motif
de sécurité.

— Les femmes ont parfois de si étranges
caprices!

—Taisez-vous, Mylord, taisez-vous! c'est à moi que vous devez le droit insolent de me parler en maître; mais la main qui vous a mis la couronne sur la tête est encore assez puissante pour vous l'ôter. Henry Darnley, je puis, quand je voudrai, vous faire redescendre à ce rang de sujet d'où vous a tiré ma folle passion. Ce peuple, ces grands, qui ont vu votre élévation avec joie, applaudiront avec plus de joie encore à la chute d'un orgueilleux convaincu de ne pouvoir rien pour leur bonheur, rien pour leur gloire. Vous sauriez poignarder un homme dans l'ombre, mais vous trembleriez devant un ennemi qui se montrerait au grand jour, qui vous défierait en face (1).

— Mort-dieu! Madame, savez-vous ce

(1) Marie faisait allusion au projet que Henry avait jadis conçu d'assassiner le comte de Murray.

que vous dites? Pensez-vous à qui vous parlez.

— A un fils indigne de l'Écosse, à un fils dégénéré des Lénox et des Douglas. Elle fit quelques pas.

—Répétez ces insolentes paroles !

Henry Darnley s'avança vers la reine les poings serrés, le corps agité par un frémissement convulsif. Elle s'arrêta soudain, et dit avec une sorte de négligence :

— Bien que je n'aime guère à me faire l'écho de mes propres pensées, je veux bien vous donner cette marque de déférence : je disais donc que Henry Darnley est le fils dégénéré des Lénox et des Douglas, et je le dis encore.

— Est-ce là tout? demanda le roi.

— Oui.

— Il y a des paroles, Madame, vous dirai-je à mon tour, qui appellent la vengeance, vous les avez dites.

— Vous ne voulez pas m'assassiner, Mylord?

Une colère froide et railleuse animait l'accent de la reine.

— Je ne sais frapper que dans l'ombre, et il est encore jour. Avez-vous peur?

— Voyez si ma main tremble. Je ne crains pas la mort.

— Et je ne crois pas que vous la receviez jamais de moi.

Marie le regarda fixement.

— Henry, qu'avez-vous?

— Rien, Madame.

— Dites-moi ce qui se passe en vous?
Je ne puis vous voir ainsi. Il y a dans votre
figure et dans votre son de voix un calme
effrayant. Parlez-moi, Henry!

— Aimeriez-vous mieux des emporte-
ments indignes du rang auquel votre bonté
m'a élevé?

— Je vous ai offensé, Henry; vous m'en
voyez toute honteuse et vraiment désolée.
Oh! cette scène est horrible, mon cœur
la désavoue. Ne voulez-vous pas m'accor-
der mon pardon? Mais convenez aussi que
vous m'avez dit des choses bien dures,
bien faites pour exciter la colère d'une
femme qui se respecte. Vous ne les croyez
pas, Henry? j'ai besoin que vous me l'as-
suriez. Après ce pauvre François II, que
j'ai vu mourir si jeune, je n'ai aimé que

vous. Je sais bien que vous pouvez être
blessé des souvenirs que je donne à la
France; mais comment oublier les lieux
où j'ai vécu d'une vie d'amour et d'ivresses
si pures? Henry, nous sommes entourés
d'ennemis, on sème la mésintelligence
entre l'époux et l'épouse. Notre crime
à tous deux, c'est d'être catholiques et
rois. On me calomnie auprès de vous,
et la calomnie vous trouve disposé à l'ac-
cueillir. On a essayé de vous calomnier auprès de moi, j'ai fait taire les misérables.
Eussiez-vous des torts envers moi, je ne
permettrais à aucune bouche de s'ouvrir
pour me les faire entendre; ma dignité de
femme et de reine s'y opposerait.

La voix de Marie devint plus tendre.

— Henry vous avez eu pour moi toute
l'affection qui peut combler les désirs d'un

cœur de femme, rendez-la-moi, cette affection! elle me faisait la vie belle et douce :
je n'ai pas mérité de la perdre. Il y a un
instant que j'aurais cru au-dessous de moi
de me justifier; eh bien, en ce moment
je surmonte une fière émotion pour vous
dire que jamais Chastelard ne m'a surprise
oubliant ce que je devais à mon titre de
veuve du roi de France. Quant à l'autre,
permettez-moi de ne pas descendre à une
justification! de Marie Stuart à David Rizzio, il y a une distance que la pensée,
même la plus audacieuse, n'oserait fran-
chir. Son talent est réel; j'ai dû m'intéresser à sa fortune : il était d'ailleurs si malheureux! Depuis quand une reine ne peut-
elle se montrer généreuse sans s'exposer à
d'outrageantes interprétations? Sire, les
querelles des rois ont du retentissement
dans les siècles; défendons notre mémoire

d'une flétrissante immortalité! Que notre
nom se mêle à de nobles souvenirs!... Elle
tendit la main au roi; il la repoussa. Oh!
dites-moi que votre âme est libre de tout
soupçon injurieux à la gloire de Marie,
dites-le-moi, de grâce!

— Si je le disais, Madame, je mentirais
à ma conviction.

La reine laissa tomber ses bras de surprise et de chagrin.

— Il est donc vrai que je suis pour vous
une vile adultère !.... Pourquoi ne me
croyez-vous pas, Henry? Je vous dis que
je suis pure aux yeux de Dieu; je le jure
par tout ce que le ciel et les hommes ont
de sacré. Marie avait pris une attitude solennelle. Me croyez-vous, Henry?

— Je ne vous crois pas.

Rassemblant toutes les forces de son cœur :

— C'est assez d'humiliations pour une vie, dit la reine d'un ton résolu et profondément sombre. Chacun de nous est désormais appelé à marcher isolé. Dieu seul peut dire ce qu'il en arrivera : mais je suis reine, les intérêts de mon peuple doivent imposer silence à mes douleurs privées ; voilà ce qu'il ne m'est pas permis d'oublier.

— A ce soir, Marie, dit Henry en lui serrant le bras avec violence.

Quand la reine voulut pénétrer la pensée que semblaient renfermer ces mots, dits avec une expression si étrange, qu'elle en avait tressailli au fond de l'âme, le roi n'était plus là.

# IV.

## Une Lâcheté!

Quel hideux océan est-ce donc que la vie
Pour qu'il faille y marcher à la superficie,
Et glisser au soleil en effleurant les eaux,
Comme ce fils de Dieu qui marchait sur les flots !
*Alfred de Musset.*

Quand Dieu envoie des jours amers,
nul n'a le droit de lui demander compte.
*Ferdinand Denis.*

Dans un grand cabinet, dont une porte
communiquait avec la chambre de la reine
d'Écosse, était dressée une table couverte
de mets apprêtés d'une manière inconnue
de nos jours. Marie Stuart, la comtesse

d'Argyle et quelques autres personnes at-
tachées à la maison de la reine, achevaient
de souper. Deux hommes marquaient
dans cette réunion.

Une haute stature, des yeux couverts
d'épais sourcils et d'où rayonnaient des
regards altiers; un sourire tellement féroce, qu'il ajoutait une expression sinistre
à des traits que la nature avait faits re-
poussants, tel était le comte de Bothwell.

Il y avait sur la figure de l'autre personnage, bien plus jeune d'ailleurs, quelque chose d'ignoble et d'orgueilleux à la
fois; sa laideur, vraiment indicible, loin
d'avoir le caractère effrayant et sauvage
de celle du comte de Bothwell, provo-
quait le rire.

Il affectait des airs hautains avec ses

inférieurs et même avec ses égaux. Mais quand la reine d'Ecosse lui parlait, toute sa personne subissait une métamorphose complète. Sa figure, d'arrogante qu'elle était auparavant, se parait de sourires, de regards attentifs et même adorateurs. Il inclinait la tête, courbait sa taille et revêtait les formes souples du courtisan le plus humble et le plus servilement dévoué aux caprices du maître. La langue écossaise, si rude, si âpre dans la bouche de Bothwell, acquérait sur les lèvres de cet homme une suavité de ton et d'harmonie, une grâce étrangère. Le même contraste existait dans leur costume. Le comte de Bothwell se faisait remarquer par la simplicité et la sombre couleur de ses vêtements; David Rizzio, car c'était lui, étalait au contraire tout le luxe ruineux et brillant de la cour de France. Sur un riche pour-

point de satin blanc se déployait un manteau de velours entouré d'une broderie d'or,
une fraise en dentelle ornait son cou ; ses
jambes se dessinaient sous des bas de soie,
invention nouvelle dont les rois, jusqu'à
ce jour, et quelques grands seigneurs
avaient seuls profité. Il tenait à la main sa
toque de velours, où brillait un cordon de
perles et où se balançaient de longues plumes blanches.

Deux fois le regard du farouche Ecossais
avait heurté le regard de l'Italien, et deux
fois Rizzio s'était senti froid.

— David, dit la voix touchante de Marie Stuart, que ferons-nous ce soir pour
nous distraire? Je me sens disposée à la
tristesse.

— Que ma belle souveraine daigne me

donner ses ordres, répondit Rizzio en mettant un genou en terre.

Ces mots dits, il prit la main de Marie, la porta à ses lèvres, l'y retint, et attacha un regard passionné à cette figure qui s'embellissait d'une pâleur attristante et gracieuse. L'imprudent s'oubliait dans cette contemplation; elle, perdue dans les rêveries du passé, avait sa pensée bien loin de l'Ecosse. Une voix durement ironique la rappela à la situation du moment.

— David Rizzio ! dit cette voix, vous oubliez aux pieds de Sa Majesté qu'elle attend de vous une distraction plus puissante et plus réelle que celle que peuvent procurer vos muettes adorations.

— Que faites-vous là, mon pauvre Rizzio ? s'écria la reine étonnée.

L'Italien, après s'être relevé, montra son
visage enflammé au comte de Bothwell,
qui se contenta de sourire d'un air de pitié insolente et railleuse. Rizzio dévora
l'insulte. Cette épée qui brillait à son côté
n'était-elle qu'un signe dérisoire, une parure à sa lâcheté?

— Chantez-nous, dit Marie, une ballade
du doux pays de France.

— Ou plutôt, Madame, les adieux que
vous fîtes à cette terre aimée.

— Il faisait bien froid quand je quittai
la France, et pourtant c'était seulement à
la fin des beaux jours d'été. Les Français,
toujours galants, disaient que la nature,
affectée de mon départ, avait dépouillé sa
belle robe verte et fleurie pour revêtir les
sombres couleurs de l'hiver.

David Rizzio accorda son luth; et comme si l'âme de l'exilée eût passé dans sa voix, il chanta les suaves et mélancoliques regrets que Marie adressait à la France, alors que la rive s'effaçait à ses yeux :

> Adieu plaisant pays de France,
>  O ma patrie
>  La plus chérie,
> Qui as nourri ma jeune enfance :
> Adieu France, adieu mes beaux jours!
> La nef qui disjoint nos amours,
> N'a eu de moi que la moitié,
> Une part te reste, elle est tienne;
> Je la fie à ton amitié
> Pour que de l'autre il te souvienne.

Progressivement dominée par cette musique et cette voix, Marie pencha la tête et pleura doucement. Un mouvement général de surprise, la brusque interruption des chants de Rizzio, la tirèrent de son oublieuse rêverie.

— Qu'est-ce donc? demanda-t-elle en levant des yeux chargés de toute la mélancolie d'ineffables regrets. Pourquoi ne continuez-vous pas, Rizzio ?.... Où est le comte de Bothwell?

— Hors de ce palais, répondit Henry Darnley, qui s'asseyait en ce moment à côté de la reine.

— Vous ici !

Il se fit un silence de terreur : car tous avaient surpris dans les yeux de Henry une fatale expression.

— Continuez, Rizzio, dit le roi en affectant un ton de bonté et en se renversant sur le dossier de son fauteuil, comme s'il eût voulu se ménager une position commode afin de mieux entendre.

Surprise de cet accent, Marie regarda

Henry Darnley, et comme la première fois
elle eut peur. Le visage de l'époux avait un
calme d'effrayante immobilité. Elle passa
les doigts dans ses cheveux, et les retira
mouillés d'une sueur de glace. David Rizzio reprit machinalement la musique suspendue, mais l'inspiration avait fui; les
notes se mêlaient confuses et sans vie
sous sa main agitée de crispations ner-
veuses.

— Vous jouez faux, dit le roi.

Un bruit sourd de pas et d'armes se fit
dans la cour. Lord Morton, chancelier
d'Ecosse, y entrait avec cent soixante
hommes, et s'emparait de toutes les issues
du palais. Rizzio recueillit ces indices
d'un événement qui se préparait; il pâlit
et devint immobile.

— Sa Majesté vous a ordonné de con-

13

tinuer, dit la reine, qui n'avait rien entendu.

Le luth s'échappa de la main de Rizzio ;
et le son que rendit l'instrument en se
brisant fut celui d'un être qui expire.
Marie regarda l'Italien. Il tremblait de
tous ses membres, ses lèvres avaient blan-
chi sous l'influence d'horribles sensations ;
de ses yeux fixes, où se peignait une attente indicible, seul rayon d'intelligence
qu'eût retenu son âme, il regardait la
porte.... cette porte s'ouvrit avec fracas....

Elle donna passage à lord Ruthwen. La
figure menaçante de l'Ecossais avait la
pâleur de la tombe. Affaibli par une longue maladie, son corps fléchissait sous
le poids de ses armes ; mais des éclairs de
mort jaillissaient de ses yeux. Après lui se
précipitèrent et Douglas, et Lindesay, et

Morton, que la faveur hautaine de Rizzio
avait remplis de haine. Une foule d'hommes à la figure impassible et dont le cœur
et le bras ne connaissaient que l'obéissance, se rangèrent immobiles et silencieux au fond de ce cabinet. Revenue de
sa première frayeur, Marie s'adressa au roi·

— Est-ce par votre ordre que ces hommes sont ici?.... Le roi ne répondit pas.
Retirez-vous, Mylords! s'écria Marie Stuart
indignée. De quel droit êtes-vous ici en
armes? Venez-vous assassiner vos rois?

— Nous n'en voulons pas à la vie de
Votre Majesté, répondit Ruthwen; mais
nous voulons la vie de ce chien maudit,
de ce gueux d'Italien.

Et le poignard levé, il marchait vers
Rizzio.

— A mort l'Italien! Tue, tue, le lâche,
l'empoisonneur, l'exécrable hérétique!
hurlèrent plusieurs voix. Et dagues et poi-
gnards étincelèrent funèbres à la lueur
des flambeaux.

Rizzio s'élança vers la reine. De ses bras
convulsifs, il étreignait la taille de cette
princesse, ses yeux roulaient effarés autour de lui; et la tête perdue, il criait:
Grâce! grâce! sauvez-moi! Les cris de la
reine se mêlaient aux cris de Rizzio.

— Vous ne le tuerez pas! je le défends,
moi! Henry, pitié pour Rizzio! Parlez donc
à ces assassins, Mylord, dites-leur donc
d'épargner ce misérable, de ne pas l'égor-
ger sous les yeux de votre femme! S'il est
coupable, qu'on le juge : car enfin, c'est
un homme!

— N'a-t-il pas une épée? dit le roi avec un atroce sang-froid.

—Le lâche ne sait pas s'en servir! s'écria Ruthwen, la bouche écumante de mépris.

—·Il se laissera saigner comme une bête, dit Georges Douglas. Son intonation devint féroce pour apostropher la victime : Souilleras-tu encore la reine de tes attouchements? Sors de là, vil histrion, fils d'une infâme sorcière, n'attends pas qu'on file le chanvre pour te pendre à la face d'Edimbourg. La terre est lasse de te porter, il est temps d'en finir.

Et d'un bras dont la rage doublait la force, il sépara de la reine Rizzio, haletant, déjà baigné des sueurs de la mort et n'appartenant plus à la vie que par un instinct machinal. Un cri rauque sortit de

la poitrine de l'Italien. Douglas venait
d'enfoncer, dans cette poitrine sans défense,
la lame froide de son poignard. Une main
de fer enchaînait Marie Stuart à sa place.

— A moi! proféra Douglas.

Ruthwen à son tour se fit assassin avec
délices. Et tous se précipitèrent sur le corps
du misérable , et le traînèrent dans l'anti-
chambre de la reine. Marie, le corps immobile, une main fortement appuyée sur son
cœur, regardait... écoutait... A chaque pas,
la tête de David résonnait sourdement sur
le plancher couvert d'un tapis. Il n'était
plus qu'un cadavre insensible, que les assassins le perçaient encore à coups de
dague, d'épée ou de poignard (1).

— Il est bien mort, dit un d'eux qui
l'examinait d'un air d'horrible sang-froid ;

(1) Melvil. Keith.

et, pour mieux s'en convaincre, il le fit rouler avec le pied. Un soldat compta successivement les blessures, il en trouva cinquante-six. D'autres firent d'ignobles plaisanteries.

Les meurtriers revinrent triomphants.

— Madame! l'Écosse est délivrée d'un traître !

— Vous l'avez souffert, dit la reine en se tournant du côté du roi, qui était resté spectateur impassible de cette tragédie. Son regard s'appuya fixe et pénétrant sur le front de Henry. C'est une honte à vous d'avoir encouragé le crime par votre silence! Que ne vous mêliez-vous aux bourreaux? Manquiez-vous de cœur? A mesure que ces paroles sortaient de ses lèvres glacées à force d'ironie et de mépris, son œil étudiait sur le visage du roi le reflet des émotions intimes. Une satisfaction atroce, mêlée de honte pourtant; une pensée de mort s'y laissa lire, y apparut graduellement. Elle se leva, tendit le bras vers lui. Ces mots tombèrent comme la foudre sur le royal assassin : Vous aussi vous êtes le meurtrier! Voyez....... ma robe a reçu de son sang.......Se parcourant de l'œil: Il y en a sur mes mains..... partout! Je suis descendue à la prière, aux larmes; et les larmes et la prière ont été vaines. J'eusse été la femme du dernier des hommes, qu'il m'aurait épargnée, moi près de devenir mère; il aurait pris du moins son enfant en pitié (1); vous, roi d'Ecosse, vous vous êtes montré sans âme. Henry Darnley, que le sang de l'innocent retombe sur ta tête! Vois, mes yeux sont secs, je ne pleurerai

(1) Elle était enceinte de sept mois. On sait que son enfant, qui fut Jacques 1er, roi d'Angleterre, ne put jamais voir une épée nue sans frissonner.

plus, je vais songer à la vengeance ! Oh! la vengeance est bien mon droit.

Elle passa la nuit dans cet appartement inondé de sang; elle y passa la nuit, entourée de toutes les horreurs de l'isolement et de la solitude : c'était la volonté du roi.

Toute une vie d'amour s'effaça en cette nuit. Henry Darnley apparut à Marie sous son véritable aspect. «. Les bagages de » l'homme, dit un éloquent poëte, sont » ses illusions et ses années; il en remet à » chaque minute une partie à celui que » l'Écriture appelle un *Courrier rapide :* le » Temps (1) ».

(1) F. A. de Chateaubriand.

# LA VIEILLE RUE DU TEMPLE.

## § V.

## Elle aime bien.

Quand un chaste devoir a réglé tous nos pas,
Alors on peut encore être heureux ici bas ;
Aux instants de tristesse, on peut d'un œil plus ferme
Envisager la vie, et ses biens et leur terme ;
Et ce grave penser qui ramène au Seigneur,
Soutient l'âme et console au milieu du bonheur.

*Sainte-Beuve.*

Pourquoi d'autres que nous mangent-ils les moissons
Que nos bras en sueur semèrent dans nos plaines ?

*Auguste Barbier.*

Madame Valentine de Milan, duchesse d'Orléans, était assise dans son *retrait* de Château-Thierry, et fort occupée d'une lettre dont la lecture avait plus d'une fois comprimé ses lèvres et fait monter le sang

à son beau visage, lorsque monseigneur
Louis, duc d'Orléans, son très haut, très
noble et très puissant époux, s'avisa de venir la surprendre. Elle entendit une res-
piration étrangère au-dessus de son
épaule; aussitôt elle leva la tête avec
vivacité, et retint un faible cri en aperce-
vant le duc debout derrière elle. Leurs
yeux se rencontrèrent..... Elle froissa la
lettre dans sa main et s'efforça de sourire
à Louis qui avait un air bien singulier.
Puis embarrassée du silence qui se pro-
longeait, elle hasarda deux ou trois phra-
ses accueillies avec sécheresse. Inquiète,
mais non découragée, elle jeta à travers
un récit le nom de Jean(1); le front du
duc s'éclaircit aussitôt,

(1) Jean, bâtard du duc, depuis le fameux Dunois, tige des
ducs de Longueville.

— C'est un noble enfant, dit-il.

— Oh, oui ! répéta Valentine avec une émotion de cœur ; oui, c'est un noble enfant. On me l'a volé, ajouta-t-elle, je devais être sa mère. Il est si beau, si brave ! rien n'effraie son audace. Hier, il me demandait votre poignard pour aller tuer Jean-sans-Peur et sa bande d'excommuniés : c'est vraiment l'expression dont il s'est servi. L'autre jour, il s'est fait armer chevalier par Charles, notre fils aîné; et sa mine était plaisante à voir, tant elle affectait du sérieux et de la dignité.

— C'est fort bien fait à madame Valentine d'aimer Jean, fit observer le duc ; mais ce que je n'approuve guère en elle, c'est d'avoir des secrets.

— Que voulez-vous dire, monseigneur ?

demanda la duchesse avec un air de parfait étonnement.

Elle avait caché la lettre dans son *aumônière*.

— Malpeste, madame! vous me feriez presque douter de l'excellence de mes yeux. Pourtant ils ne sont pas encore frappés d'aveuglement. Cette lettre, que vous semblez si jalouse de garder pour vous seule, vient-elle de Milan?

— Non, monseigneur, répondit Valentine avec une légère altération dans la voix et en baissant les yeux.

— Que veut dire ce trouble?... Pourquoi pâlir à une simple question?... Serait-ce propos d'amour?... Si je le savais!...

— Je suis votre femme, monseigneur, répondit noblement la duchesse.

— Il y a des insolents que ce titre n'arrêterait pas, répliqua le duc.

— Mais je vous aime, Louis, répondit-elle en fixant ses yeux charmants sur le frère de Charles VI; et sa figure se para d'une tendre expression.

— Oui, je sais que vous avez toujours été une fidèle épouse, Valentine. Un sourire doux et triste de la duchesse qu'il rencontra en ce moment, lui fit ajouter avec une sorte de rudesse : Vous avez d'ailleurs passé la saison de jeunesse et d'amour.

— Croyez-vous, monseigneur, qu'une femme de trente-sept ans soit totalement dépourvue de beauté?

— Elle doit tout au moins avoir la sagesse convenable à son âge.

— Madame Isabelle, reprit la duchesse,
est encore bien belle; et, si je ne me
trompe, elle a trente-six ans. Vous l'igno-
riez peut-être?

Une intention moqueuse avait accentué
ces dernières paroles.

— Je vous entends, répondit le duc
avec une sécheresse brève et hautaine.
Ceux qui ont calomnié vos assiduités auprès de mon frère Charles, et la préférence
qu'il vous accordait sur madame Isabelle,
m'ont rendu le même service. L'épouse
de Charles VI est bien digne de pitié, madame. Je ne connais pas de femme du
peuple qui voulût échanger son sort contre celui de la reine de France. Mon frère
ne la voit qu'avec une horreur qu'il n'est
pas maître de déguiser. Si elle s'approche
de lui, elle entend aussitôt le pauvre fou

crier : — Quelle est cette femme ? que me
veut-elle ? et d'effroyables imprécations
accompagnent la malheureuse reine.

— Alors vous la consolez, dit Valentine ; c'est une œuvre de chrétien, monseigneur, et nul doute que Dieu vous en tiendra compte.

— Toujours méchante, Valentine !

— Madame Isabelle, reprit la duchesse
avec âme, a cessé d'aimer le roi dès qu'il
a fallu lui donner des soins. Objet de compassion et de respect pour tous, il n'a été
pour sa femme qu'un dégoûtant fardeau.
Des mépris ont flétri les misères royales ;
et la fille d'un marchand de chevaux,
Odette de Champdivers, a, par les ordres
d'Isabelle, occupé le lit des reines de
France.

— Eh! madame, la voix seule d'Isabelle
lui donne des accès de frénésie. Qu'attendre d'un fou qui, oubliant son nom, nie
qu'il a des enfants, et détruit les symboles
de sa puissance? Ne l'avez-vous pas vu serrer
les poings, entrer dans des convulsions
de rage à la vue des fleurs de lis, et ne ressentir du soulagement qu'après les avoir
brisées?

— Son cœur, Louis, est aussi malade
que sa tête. Isabelle aurait pu le guérir.

— Tête-dieu! Valentine! vous êtes hor-
riblement entêtée! Faut-il vous dire qu'il
étranglerait madame Isabelle si elle s'obs-
tinait à vouloir s'occuper de lui?

— Pauvre femme! dit Valentine d'un
ton moqueur; elle en a pourtant eu neuf
enfants; en ce moment encore elle promet

un prince ou une princesse à la France.
Lui avez-vous demandé par quel charme
elle s'est préservée des ongles de son mari?
ou bien son cou si blanc ne porte-t-il
point de marques d'une horrible brutalité? Monsieur le duc, toutes les *femmes
amoureuses* n'ont pas obéi à l'ordonnance
qui leur défend de porter ceintures d'argent ou d'or, collets renversés et fourrures.

Le duc rougit.

— Vous êtes Italienne, Valentine! La
confiance dont m'honore la reine excite
votre animosité.

— Monseigneur, répondit la duchesse
avec une fierté modeste, la dame de
Canny m'a été préférée, elle vous a donné

un gage de cette préférence (1), et pourtant cette femme ne m'a jamais trouvée
cruelle à ses ennuis. J'aime le bâtard à
l'égal de mes fils, ses caresses me sont
aussi douces que celles des enfants que
mon sein a portés; il s'appelle Jean comme
le plus jeune de nos fils; souvent il me ré-
pond à sa place, et loin d'en ressentir de
la peine, je m'applaudis d'une erreur qui
me le montre plus souvent. Oh! j'aime
Jean et sa mère! mais Isabelle, souffrez
que je le dise, Isabelle est une infâme!...
C'est peu de prostituer son corps, de se
conduire, elle, reine de France, en *folle
femme*, elle abandonne son seigneur et
roi à des mains étrangères... O Louis!
faut-il donc rappeler l'état effroyable où

(1) Dunois.

fut réduit, il y a deux ans, votre malheureux frère? Mieux aurait valu lui enfoncer un couteau dans le cœur. Maître Juvénal des Ursins (1) sanglotait en devisant sur cette grande misère. On traitait
le roi de France comme un animal immonde; on lui jetait à manger. Il resta
cinq mois sans changer de linge ; ses vêtements en lambeaux infectaient, son
pauvre corps était tout rongé de vermine
et de pourriture : à peine s'il avait con-
servé une face et une voix humaines. Depuis long-temps il s'était entré dans la
chair un morceau de fer, et de cette plaie
s'exhalait une odeur puante. On eut honte
enfin de ce lâche abandon; on lui fit faire
chemise, *gippon*, robe, chausses et bottes.
Ce ne fut pas un visage ami qui s'offrit

_____

(1) Juvénal des Ursins avait été prévôt de Paris.

aux regards du pauvre insensé pour lui
faire une toilette, hélas! bien nécessaire.
Loin d'employer la douceur, on introdui-
sit dans la chambre humide et dévastée
où il vivait solitaire, douze hommes noir-
cis et cuirassés qui lui firent grande peur.
Il laissa couper sa longue barbe, ses cheveux, ses ongles devenus crochus, sans
souffler un petit mot; et quand il eut son
corps bien baigné, qu'il se vit des habits
neufs, lui qui depuis long-temps n'avait
que des haillons, il se sentit aise comme
un enfant (1); des chants, empreints, il
est vrai, de la tristesse de son âme, sorti-
rent de cette bouche qui semblait ne devoir s'ouvrir que pour maudire.

Valentine pleurait.

(1) Juvénal des Ursins. Le religieux de Saint-Denis. Le
Laboureur.

— Oh! oui, continua-t-elle, si madame
Isabelle l'avait aimé, ce mal n'aurait pas
eu de suites, on aurait vu revivre en lui la
sagesse de Charles V. Tout fou qu'il est,
son esprit rêve constamment le bonheur
de la France. Quand maître Juvénal des
Ursins va le voir, il lui dit très souvent :
Juvénal, regardez bien que nous ne per-
dions rien de notre temps (1). Et vous-
même ne l'avez-vous pas entendu supplier
souvent qu'on ôtât de dessous sa main
toute arme dangereuse? Il disait : J'aime
mieux mourir que de faire du mal à quel-
qu'un. Allez, Monseigneur, les calamités de
la France sont bien méritées. N'est-ce pas
un signe manifeste de la colère divine que
cette pluie de chenilles et de limaçons qui
ont cette année dévoré les grains en herbe?

(1) Juvénal des Ursins.

Les mauvais succès obtenus contre les ennemis du royaume sont encore une puni-
tion de Dieu.

— Dieu, Dieu, madame! voilà comme
sont les femmes. Que vouliez-vous que je
fisse dans cette maudite Guienne, sans vi-
vres, avec une armée découragée, et dans
la boue jusqu'à mi-jambes?

— Sir Robert de Chalus a bien su avec
une poignée de chevaliers soutenir l'honneur de son maître.

— Le Bourguignon, reprit le duc, n'a
pas été plus heureux que moi dans son ex-
pédition contre Calais; et pourtant il avait
fait des préparatifs formidables.

— Il a manqué d'argent, monsieur le duc;
force lui a été de licencier son armée.

— Mort-Dieu! madame ma femme, vous prenez chaudement le parti de ce mécréant. Il n'est pourtant guère courtois envers les dames. Mais, à propos, qu'est devenue la lettre?

— J'aurais voulu, répondit la duchesse, préparer votre cœur avant de vous la montrer.

— Et moi, madame, j'ai peu de temps à donner aux lenteurs. J'ai toujours négligé l'exorde dans mes études, bien que Cicéro recommande de le travailler d'une manière toute particulière. La lettre donc.

— La voici, monseigneur.

A mesure que le duc d'Orléans la lisait, ses sourcils se fronçaient et la colère empourprait ses joues.

— Par le chef de mon père! s'écria-t-il en déchirant le papier et en le mettant sous

les pieds, le misérable qui a écrit cette requête mériterait d'avoir la main clouée à
sa porte.

— La plainte est portée au nom de bien
des marchands, monsieur le duc. Est-elle
fondée? serait-il vrai que vos gens ren-
voyassent avec de grandes moqueries les
pauvres créatures qui ont fourni votre
maison?

— Vous êtes plaisante avec vos piteux
discours. Ne voudriez-vous pas que je me
condamnasse comme les criminels au *pain
de douleur* et à *l'eau d'angoisse*, pour
payer des manants qui devraient se trouver
fort honorés que je voulusse bien leur devoir? Quand ils font irruption dans l'hôtel
avec des cris, des jérémiades assourdissan-
tes, il est trop juste, ma foi, qu'ils soient
jetés dehors comme des chiens.

— Payez-les, Monseigneur, payez-les! car enfin est-il séant que les domestiques des princes et des grands aillent piller les boutiques et entasser de quoi faire des magasins, comme s'ils voulaient se mettre marchands à leur tour (1)? Les gens de la campagne réclament aussi

— Ah! ah! que disent les vilains? Des joyeusetés apparemment.

— Ils disent, Monseigneur, que des valets tout chatoyants d'or et de soie vont dans leurs granges et leurs fermes taxer à des prix honteux le blé, le foin, l'avoine, tous les produits de la terre; ils ajoutent que ces messagers de misère leur défendent, sous peine de fortes amendes, de rien

(1) Le religieux de Saint-Denis.

vendre avant d'avoir enlevé ce qui peut convenir à leurs maîtres ( 1 ).

— Eh! répliqua le duc, madame Isabelle et moi avons fait crier à son de trompe, il y a quelques jours, qu'il était défendu de rien prendre sans payer.

— Et le pillage n'en a pas moins continué en votre nom et en celui de madame Isabelle.

— Vrai Dieu! madame d'Orléans, c'est un sermon que vous me faites. Seulement ceux de maître Jean Gerson (2) sont plus animés et plus éloquents que les vôtres. Il faut peut-être, pour réjouir ces mécréants, que je m'accoutre comme monseigneur

(1) Le religieux de Saint-Denis.
(2) Curé de Saint-Jean, surnommé le docteur évangélique ; c'est lui qu'on croit être l'auteur de l'*Imitation*.

Charlemagne, d'une casaque de peau de brebis ou que je vende moi-même les œufs et les gélines (1) de ma basse-cour. Cette simplicité ne vous serait guère plaisante non plus, vous qui, selon l'expression de Jean Froissart, êtes *convoiteuse des délices de ce monde.*

— Auriez-vous lu de ses Cronicques, monsieur le duc?

— Non, Valentine, répondit Louis avec douceur; Froissard s'est déclaré votre ennemi, et ses Cronicques sont pleines de folles et menteuses paroles; en tout, c'est pauvre besogne. Maintenant, ajouta-t-il, que j'ai longuement devisé avec vous, je vais vous faire mes adieux.

— Vous quittez Château-Thierry, Mon-

(1) Poules.

seigneur !... sitôt ! qu'allez-vous faire à Paris ?

— Sentir un peu la vie. Franchement les jours me sont pesants ici. Je me lasse des quilles, des dés, des cartes, de tout.

— Défiez-vous du *rabot* (1) de Jean ! Un léger mouvement d'épaules accusa de la part du duc une sorte de dédain. Je ne sais, poursuivit Valentine, mais ce départ me remplit de terreur. Voilà plusieurs nuits que la figure du Bourguignon m'apparaît plus sinistre dans mes rêves. Cette nuit, il riait d'un rire féroce en me montrant je ne sais quoi d'informe et de sanglant.

---

(1) Le duc d'Orléans avait pris pour symbole de sa haine contre Jean, un *bâton noueux* avec cette devise : « Je l'envie.» Ce qui signifiait: « Je porte le défi. » Le duc de Bourgogne avait répondu à cette bravade en adoptant un *rabot* avec cette devise : « Je le tiens. » Les figures et les devises avaient été brodées sur les habits de leurs gens.

— Vous trouvez donc notre beau cousin de Bourgogne bien laid? demanda Louis
en riant.

— Suis-je la seule? Rappelez-vous que
Bajazet, le cruel empereur des Turcs, laissa
de grand cœur la vie et la liberté à Jean,
parce que ses traits lui présageaient qu'il
serait funeste aux chrétiens.

— Mais nous sommes au mieux depuis
quelque temps. Ses serviteurs et les miens
n'ont-ils pas échangé le *bâton* et le *rabot?*
Jean-sans-Peur lui-même n'a-t-il pas, de
bonne grâce, ma foi! porté ma devise de
haine, et moi la sienne?

— Faux semblants d'amitié, Monseigneur. Jean n'a pas votre franchise et votre
âme; il est, quand il le faut, un profond
hypocrite, et son ambition le rend capable

de toutes les noirceurs. N'êtes-vous pas
son rival dans les affections du roi? Vous
étiez bien jeune encore quand vous lui
donnâtes un soufflet en présence de son
père. Louis, vous l'auriez oublié à sa place;
lui, ne vous l'a pas pardonné. Faut-il le dire?
tandis que vos étourderies vous aliènent le
cœur des bourgeois de Paris, le duc feint
pour eux une noble pitié; vos gens pren-
nent tout sans payer, les siens au contraire
se montrent d'une probité rigoureuse. Oh!
défiez-vous de lui, de ses caresses, de ses
protestations, de son silence même; tout
de sa part est dangereux. Ne partez pas
encore!...

— Il croirait que je le redoute; et j'aimerais mieux tomber sous sa hache, que
d'être soupçonné de lâcheté. N'entendez-
vous pas les Parisiens chansonner le duc

d'Orléans, dire qu'il se fait petit devant le redoutable duc de Bourgogne?

— Ce n'est pas ce motif qui vous pousse à Paris! dit la duchesse avec un tremblement dans la voix, et en arrêtant sur Louis un regard fixe et pénétrant.

— Eh! quel autre? demanda le duc en affectant un air de profonde indifférence.

— Louis! Louis! ne pouvez-vous connaître cette femme? C'est une misérable qui n'attendrait pas que votre cadavre fût froid pour vous donner un successeur. Oh! sans la fatale passion qu'elle a su vous inspirer, vos destinées auraient été belles, la France vous aurait compté au nombre de ses plus grands princes! Il y a en vous de si courtoises et si nobles qualités!

— Mais, Valentine, votre jalousie n'est

pas fondée; madame Isabelle est ma sœur, rien de plus.

— Et cette sœur, qui n'est en réalité qu'une étrangère, vous la préférez à votre gloire, à de chastes affections! L'isolement de cœur est mon partage, Isabelle a votre vie. Vous la défendez contre la haine du peuple; et moi, votre femme, la mère de vos enfants, quand ce peuple m'accusa d'avoir, par d'infâmes sortiléges, augmenté le mal du roi; quand je fus exilée de la cour, insultée, honnie, vous me laissâtes sous le poids de l'injure, vous continuâtes à entourer l'étrangère des dévouements les plus tendres. La duchesse de Bourgogne, si insolemment orgueilleuse, triompha aussi des affronts accumulés sur ma tête. Savez-vous, monsieur le duc, qu'on dit avec quelque apparence de raison, que vous-même avez été charmé d'un éloignement qui vous laissait plus libre de faire la cour à la femme de votre frère?

—Sang-Dieu! Madame! vous vous émancipez d'une étrange manière! Mais vous ne seriez pas une Italienne, une Visconti, si la jalousie ne vous montait pas au cerveau.

— Vous êtes maître de qualifier ainsi mes terreurs, répondit la duchesse avec abattement; mais depuis que ce départ est projeté, je n'ai pas eu un instant de joie vraie; mes jours ont été inquiets et douloureux, et mes nuits troublées par d'horribles visions. Louis, j'abhorre cette femme; mais c'est bien moins parce que vous me la préférez, que parce qu'elle vous pousse vers un abîme. N'allez pas à Paris! Voyez mes larmes... Je vous jure par ma-

dame la Vierge et monseigneur saint Louis,
que ce n'est pas la jalousie qui les fait cou-
ler. Oh! pour prix d'une fidélité qui ne
s'est jamais démentie dans le temps où,
jeune et parée de quelques attraits, je pou-
vais aspirer à plaire, restez encore ici, près
de vos fils, de votre fille! Leur amour ne
saurait être indifférent à votre cœur : car
vous êtes bon, Louis.

En ce moment un enfant de cinq à six
ans, aux yeux vifs et brillants, montra sa
jolie tête à la porte. La duchesse lui fit
un signe. Il s'approcha.

— Jean, dis à ton père de rester; il
veut aller à Paris malgré moi : il y trouvera
le Bourguignon.

— Monseigneur mon père, emmenez-
moi; j'occirai Jean, s'il veut faire le mal-
avisé! s'écria tout aussitôt le petit.

— Non, il faut que ton père reste, mon amour, reprit Valentine en caressant l'enfant, sinon ses ennemis le feront tomber dans quelque piége.

Jean se dressa sur ses petits pieds; ses yeux s'ouvrirent tout grands, tout indignés, et il secoua à deux ou trois reprises sa jeune tête bouclée.

— Il ne faut pas rester, mon père, on dirait que vous avez peur. Mettez votre petit bâtard en croupe derrière vous, qu'il vous suive partout à Paris ; et vienne le Bourguignon, notre *bâton* noueux brisera son rabot !

— Bien, mon fils ! Vous l'entendez, Madame ; cet enfant ne vous fait-il pas rougir de vos faiblesses ?

— Hélas ! dit la duchesse, ma voix a

bien rarement trouvé le chemin de votre
cœur. Peut-être vos fils obtiendront-ils
ce que vous refusez à leur mère!

— Valentine, si vous faites quelque cas
de ma volonté, je vous ordonne de m'é-
pargner une scène qui ne pourrait que
me fatiguer sans rien changer à ma déter-
mination. Jean, dit-il à son fils, je ne t'em-
mène pas avec moi, tu es encore trop
petit. Quand tu pourras remplir les fonctions de page, tu suivras ton père. En attendant, sois bien attentif à complaire aux
désirs de madame d'Orléans; montre-toi
digne de ses bontés et du beau titre de
chevalier que ton père te conférera un
jour, s'il plaît à Dieu. Valentine, je for-
cerai les Parisiens à te rendre justice, tu
rentreras triomphante et vengée à Paris;
Marguerite de Hainault (1) ne t'écrasera

(1) Femme de Jean-sans-Peur.

pas des dédains dont t'écrasa son orgueilleuse belle-mère. Oh ! tu n'as jamais cessé
d'être mon épouse aimée !

Un doux et mélancolique sourire répondit à cet élan du cœur.

— Tu n'as donc pas confiance en mon
courage, Valentine ?

— Vous aimerais-je, si j'en doutais ? Ce
que je crains pour vous, Louis, c'est la
trahison.

— Tu crois que Jean me ferait assassiner !.... C'est à s'affoler de ton imagination.

— Vous avez aimé sa femme, Louis !
Vous avez fait à l'époux une dangereuse
confidence !

— C'est pardieu vrai, je l'avais oublié.
Et tu souffres de ce souvenir, Valentine ?

C'était un caprice : il n'y a que toi que je veux aimer toujours.

— Puissiez-vous dire vrai, Louis !

Le lendemain, le duc partit avec une brillante escorte.

## II.

## Jean-sans-Peur.

> La cholère est un' arme de nouvel
> usage : car nous remuons les aultres ar-
> mes, cette cy nous remue ; nostre main
> ne la guide pas, c'est elle qui guide nos-
> tre main ; elle nous tient, nous ne la
> tenons pas.
>
> *Montaigne.*

> Dieu était hier, il est aujourd'hui, il
> sera demain : il punit et il récompense
> quand il lui plait, parce qu'il a dans ses
> mains les trésors de l'éternité. Pourquoi
> punirait-il aujourd'hui, puisque demain
> le méchant peut changer ? Pourquoi ré
> compenserait-il aujourd'hui, puisque
> demain le juste peut prévariquer ?
>
> *Ballanche.*

Un homme, dont les yeux creux et
animés d'une expression haineuse se ca-
chaient sous des sourcils grisonnants, et
donnaient seuls de la vie à sa figure mai-
gre et bilieuse, fut un soir introduit en

secret dans le cabinet d'un très grand
personnage à l'hôtel d'Artois (1). Quelques minutes ne s'étaient pas écoulées,
qu'une porte s'ouvrit, et l'étranger se
trouva face à face avec un homme qu'il
était impossible d'oublier, quand une fois
on l'avait vu. Il y avait dans ses traits
durs, sa haute stature, ses formes athlé-
tiques, ses mouvements rapides et brusques, un caractère de rudesse et même de
férocité que confirmaient ses intonations
ironiques et plus encore son air de méchanceté résolue. Ses yeux offraient une
singularité : tantôt ils vous écrasaient de
leur pesanteur immobile, tantôt ils re-
muaient dans leur orbite avec une vivacité inquiète ; alors il s'en échappait de
sombres éclairs.

(1) Hôtel des ducs de Bourgogne.

L'homme à la haute taille étreignit de
son regard puissant celui qui l'attendait.
Un léger signe de tête répondit à la révérence profonde que lui fit l'étranger. Il le
regarda encore fixement. L'objet de cette
étrange observation conserva son attitude, et ne changea rien à la sombre tranquillité de sa figure. Satisfait de cet examen, Jean-sans-Peur s'assit.

— Dieu vous soit en aide, messire Raoul
d'Ocquetonville !

Le gentilhomme se contenta de faire
une nouvelle révérence. Le duc continua :

— Vous cherchez de l'emploi? m'a-t-on
dit.

— On a dit vrai, Monseigneur.

— Il fut un temps où vous en aviez un
très beau, comment le perdîtes-vous?

— Par la haine d'un grand.

Le son de cette voix fit tressaillir le duc. Il regarda son étrange interlocuteur : cet homme avait la figure pâle et bouleversée par la rage.

— Quel nom a cet ennemi? demanda Jean-sans-Peur.

—Louis d'Orléans, répondit le sire d'Occquetonville. C'est aussi votre ennemi, Monseigneur!

— Tu le hais donc bien, d'Ocquetonville?

— Je voudrais avoir mille vies, je les donnerais, et l'éternité avec elles, pour le voir sous mes pieds criant merci, le criant en vain, et rendant son âme au diable : alors j'aurais bien assez vécu.

— Es-tu homme de cœur et de résolution? la vue d'un poignard ne fera-t-elle
point un lâche de toi? On a vu de ces
métamorphoses.

— Duc, mettez mon bras à l'épreuve,
et vous verrez s'il donne un démenti à ma
langue.

— Eh bien! Raoul d'Ocquetonville,
nous essaierons de ce grand courage; et
s'il est mieux qu'une vaine jactance, nous
t'assurerons un sort tel, qu'il pourra être
envié. As-tu des hommes de main?

— J'en trouverai, Monseigneur!

— Que penses-tu des frères Courte-
Heuze?

— Je les verrai.

— L'homme que je livre à tes coups

est celui qui t'a dépouillé de ta place,
chassé de ta maison ; qui t'a forcé d'errer
comme un chien sans maître et sans
asile (1) ; mais ton bras ne tremblera-t-il
point, car enfin c'est le frère de ton roi ?

— Celui qui a fait d'avance le sacrifice
de sa vie reste étranger à la peur. Vous
avez soif de vengeance, Monseigneur,
ajouta-t-il avec un affreux sourire ; et moi
j'y rêve le jour, la nuit, à tous les instants
de ma vie. De sa main il se frappa le front :
Il y a là une pensée fixe qui me rendrait
fou, si elle ne devait pas se réaliser bientôt.

— Toi, Raoul, dit le duc, tu n'obéis
qu'à un ressentiment personnel. D'Orléans a trompé ton ambition, c'est là tout
son crime à tes yeux. Un dessein plus gé-

(1) Raoul d'Ocquetonville avait été général des finances.

néreux m'occupe ; ce n'est pas l'homme
qui m'a offensé que je veux punir, c'est
l'ennemi du royaume, le bourreau de
Charles VI. Pauvre roi, il souffre ! Chaque
morceau de pain qu'il mange est assai-
sonné des malédictions de son peuple (1).
Il manque souvent de tout ! Pendant ce
temps, monseigneur d'Orléans se divertit
avec la reine ; et, craignant que le trône
ne reste vide, il donne des fils à Charles.
Ah! le vil, l'impudent débauché! sa vie
n'est que paillardises.

Raoul devint attentif, le duc poursuivit :

— Compte les maris dont il a souillé
la couche, les femmes qui, perdant toute
vergogne, se sont prostituées à ce beau
diseur de riens. Le nombre en est grand.

(1) Le religieux de Saint-Denis.

Il y a d'autres voix que la tienne, Raoul,
qui le maudissent. Le jour de sa mort se
lèvera beau pour tout ce qui a du cœur.
Croirais-tu qu'il a eu l'effronterie de mêler au nom des *folles femmes* qui se sont
données à lui, celui de notre noble et
chaste épouse, madame de Bourgogne?

— Monseigneur !

La surprise de Raoul fut admirable-
ment jouée. Il ne se serait pas expliqué le
silence qu'aurait gardé à ce sujet le fougueux Jean-sans-Peur.

— J'ai vu le portrait de Marguerite de
Hainault dans le cabinet, où figurent les
images de celles qui ont oublié pour lui
leur titre de chrétiennes et d'épouses;
j'ai entendu la langue libertine de Louis
deviser sur les bontés de la duchesse, et

chanter des versets faits en son honneur.
Il riait, l'infâme !

— Et vous, Monseigneur?

— Moi ! je ne sais quelle main enchaîna
ma main, et comment mon poignard ne
lui fit pas rentrer les paroles dans la
gorge !..... Son heure n'était pas venue
apparemment... Le duc s'essuya le front.
Il poursuivit au bout de quelques instants,
avec une sorte de calme : J'ai consulté un
savant cordelier, maître Petit; et, d'après
ses conclusions, la mort de Louis d'Orléans
est une œuvre de haute dévotion qui réjouira les anges et Dieu lui-même. Moi,
loyal parent et vassal de monseigneur le
roi de France, je dois veiller à la conser-
vation de son royaume et écarter de sa
personne sacrée tous ceux qui voudraient
attenter à sa vie. Louis n'a respecté ni

l'un ni l'autre. Il a soldé des troupes de
pillards pour dévaster la France; il s'est
fait voleur pour s'emparer des deniers de
l'État. Le trésor du Louvre était fermé, les
gardiens refusaient de l'ouvrir, il en fit
briser les portes à coups de hache; et cet
argent servit à payer les impudiques faveurs de la royale prostituée. C'est peu;
il n'y a point de poisons, de maléfices, de
sortiléges, que son Italienne et lui n'aient
employés pour ruiner l'esprit et le corps
de notre malheureux roi. N'est-ce pas lui
qui, dans cette fête diabolique où Charles VI s'était déguisé en satyre avec cinq
seigneurs, incendia avec son flambeau les
vêtements enduits de poix de ces nobles
fous, espérant bien faire périr son frère?
Madame de Berry sauva le roi en le cou-
vrant de sa robe. Nantouillet éteignit dans
l'eau les flammes qui le dévoraient; mais

le comte de Joigny, si beau, si jeune;
Yvain de Galles, le noble bâtard de Foix;
Aimery de Poitiers, qui laissa tant de regrets; Guisay, moins estimable, mais aussi
malheureux, allèrent déposer au pied
du trône de Dieu contre leur assassin.
Oh! c'étaient d'horribles clartés que celles de ces hommes qui brûlaient!

— J'étais à ce divertissement, Monseigneur. M. de Galles oubliait ses souffrances pour crier qu'on sauvât le roi; M. de
Guisay se tordait, blasphémait comme un
damné; vomissait des imprécations contre
ces hommes, ces femmes que l'horreur
rendait immobiles. C'était à la fois un
joyeux et méchant seigneur que M. de
Guisay. Il appelait canaille et chiens les
vilains qu'il faisait aboyer, et qu'il déchi-
rait lui-même à coups de fouet et d'épe-

rons; les vilains qu'il se plaisait à fouler
aux pieds et à voir assommer à coups de
bâton. Ah! les chiens aboyèrent encore
à sa mort, mais ce fut de joie.

— Messire Raoul d'Ocquetonville ne
compte-t-il point de vilains dans sa race?

— Ma noblesse remonte à douze siècles,
Monseigneur.

— La mienne est moins ancienne, dit
le duc avec un sang-froid caustique; à dire
vrai, elle n'est pas d'origine étrangère,
elle est toute nationale (1).

— Monseigneur, reprit Raoul, n'a pas
encore énuméré tous les méchefs du duc
d'Orléans.

— Des mois suffiraient à peine. Je veux

(1) Raoul était Normand.

néanmoins te conter l'histoire de son anneau. Un matin, avant que le soleil éclai-
rât la campagne, un moine, la figure en-
sevelie dans son capuchon, gravit sur le
mont solitaire où s'élève la tour de Mont-
Jay. Plusieurs fois, pendant ce trajet, il
avait regardé avec inquiétude derrière lui,
comme s'il eût redouté d'être vu. Il ôta sa
robe brune, se mit en chemise près d'un
buisson, traça autour de lui un cercle magique en proférant des paroles mystérieu-
ses ; puis il ficha dans la terre une dague
et une épée, posa l'anneau du duc d'Orléans à côté ; et à genoux, le visage tourné
vers l'orient, il invoqua les diables. Son
attente ne fut pas longue. Hermas et
Astramon, vêtus, non d'écarlate comme
le sont ordinairement les envoyés de Satan, mais de brun-vert, s'offrirent aux
regards effarés de l'hérétique, et le saluè- ⁄

rent d'un ricanement tel que jamais oreille
humaine n'en avait ouï d'aussi bizarre. Le
moine se cacha derrière un buisson. Pendant ce temps, Hermas prit l'anneau et
s'évanouit dans les airs; l'autre diable, Astramon, prit la dague et l'épée, et s'évanouit à son tour. Quand le moine, tout
tremblant, revint à la place qu'il avait
cédée aux deux diables, il trouva l'épée
rompue et couchée à côté de la dague.
Une demi-heure passa; le diable, qui avait
repris l'anneau, revint pour cette fois habillé de rouge et les yeux flamboyants; il
remit l'anneau au moine, et laissa après
lui une odeur de soufre (1).

Ici le duc ajouta d'autres circonstances
d'une dégoûtante horreur, Il poursuivit
en ces termes :

(1) Maître Petit. Voyez encore le bel ouvrage de M. de
Barante sur les ducs de Bourgogne.

— Cet anneau, Messire, semblable au regard du serpent, a la funeste puissance de fasciner les femmes et de les jeter folles de désirs dans les bras de ce couard. Madame de Bourgogne a un talisman qui a préservé sa haute vertu de cette profanation. Le lâche s'en est vengé en la calomniant. Et sa femme n'a-t-elle pas été mariée au duc dans de coupables intentions? Galéaz Visconti dit en l'embrassant : Adieu, belle fille, je ne veux jamais vous revoir que reine de France (1).

— Ce Galéaz, Monseigneur, méritait bien une fille sans cœur. On dit que durant toute sa vie il a été en commerce avec les sorciers et les démons.

— Et l'on ne ment pas. Galéaz sent les

(1) Fausseté avancée par maître Petit dans la justification du duc de Bourgogne.

fagots d'ici. Pendant que j'étais prisonnier
de ces païens de Sarrasins, il envoya à leur
empereur (1) chiens, gerfauts, faucons,
draps de fine toile de Reims; et le mécréant lui donna en échange de riches présents de draps d'or et de pierres précieu-
ses (2).

— Monseigneur, dit subitement le sir
d'Ocquetonville, il serait heureux pour la
France que vous fussiez son roi.

— Qu'oses-tu dire? s'écria le duc en
faisant un bond, comme si un serpent eût
sifflé à ses côtés.

— Ce que pensent et désirent bien des
gens, Monseigneur. Qu'attendre des fils
d'Isabelle?

(1) Bâjâzet.
(2) Froissard.

— Rien de bon, en effet; ils sont si mal entourés. Que sont les frères du roi eux-mêmes? Le duc de Berry n'est jamais sorti de la voluptueuse indolence dans laquelle il a vieilli, que pour se montrer rapace et cruel; le duc de Bourbon ne manque pas de caractère, mais il est impuissant à faire le bien; pour Louis II d'Anjou, qu'on appelle le roi de Sicile, je le déclare en tout digne fils de son père Louis Iᵉʳ, qu'un caprice haineux de Jeanne avait appelé au trône de Naples et de Sicile, et qui ne sut pas mieux conquérir sa couronne qu'il n'aurait su la conserver. Savoisy m'a plusieurs fois conté certaine scène du château de Melun. Voici le fait : Mon oncle, Charles V, de glorieuse mémoire, y avait caché des millions. Ce voleur de Louis Iᵉʳ, je puis me permettre cette épithète, bien qu'il fût mon oncle

aussi, emmena Savoisy, après la mort du
roi, au château de Melun.Quand ils se trouvèrent seul à seul dans une de ces grandes
salles, je ne sais trop laquelle, Louis demanda à son compagnon où était le trésor;
Savoisy nia qu'il en eût connaissance, et
persista dans sa négation en dépit de toutes les belles paroles que lui disait le roi
de Sicile. Tout courroucé de cette obstina-
tion, Louis manda des bourreaux; l'hé-
roïsme du pauvre Savoisy n'alla pas jusqu'à
braver les tenailles, les coins de fer, et la
figure stupidement impassible des hommes
rouges (1) qui déjà faisaient mine de vouloir le torturer; il eut grande joie d'indi-
quer la muraille où mon oncle avait fait
sceller ses épargnes. D'Anjou, sans plus
d'explication, fit démolir cette muraille,

---

(1) Les bourreaux étaient alors vêtus de rouge,

chargea l'argent sur des voitures, et l'envoya en lieu de sûreté.

— Et Jean Desmarets, dit Raoul d'Ocquetonville, ce noble vieillard qui avait servi sous Philippe de Valois, sous Jean, sous Charles V, ne fut-il pas traîné à l'échafaud avec des brigands, parce qu'il avait écarté Louis I$^{er}$ de la régence?

— Oui; fort de son innocence, il ne voulut pas crier merci à Charles VI. Sa mort fut belle; et pourtant je ne voudrais pas, à son exemple, être conduit à la boucherie.

— Pour cela, Monseigneur, il faut traquer le poucher.

— Bien, mon brave!

Jean-sans-Peur prit une bourse, et la présentant à Raoul:

— Il y a dedans plus d'or qu'il n'en faut.
Tu iras aujourd'hui même, 17 novembre,
louer une maison de la Vieille rue du Temple, appelée l'*Image de Notre-Dame*; tu
t'y tiendras caché avec une quinzaine
d'hommes de bonne volonté, jusqu'à ce
que Dieu ou le diable nous livre d'Orléans;
et, tu peux m'en croire, ce ne sera pas long.
Il est sans défiance aucune : le vieux duc
de Bourbon, le duc de Berry, le roi de Sicile, la reine elle-même, se mêlent de la
réconciliation. J'ai fait mine de m'y prêter,
je suis même allé voir le d'Orléans à
son château de Beauté; et la main qui aurait voulu l'étrangler a serré la sienne. Va
donc; et une fois dans la maison, reste-s-y
cloué, toi et tes honnêtes partisans. Mon
ennemi, le tien, Raoul, passe souvent dans
cette rue en sortant de chez Isabelle, pour
se rendre à l'hôtel de Saint-Pol, il faut

toujours être prêt ; et, par la mort de Dieu!
nous ne tarderons pas à savoir si son corps
est pétri de la même argile que celui des
autres pauvres mortels.

— Tout sera exécuté selon votre bon
plaisir, répondit Raoul d'Ocquetonville,
sans chercher à déguiser sa joie. A mort
le couard! Il ira demander à Satan des souliers à *la poulaine.*

# III.

## La Réconciliation.

Devons-nous regretter ces jours anciens et forts
Où les vivants croyaient ce qu'avaient cru les morts?
Jours de piété grande et de force féconde,
Lorsque la Bible ouverte éblouissait le monde.

*Victor Hugo.*

Hélas! l'homme est semblable au malheureux rameur
Qui pousse le vaisseau vers la rive annoncée
Nuit et jour, sans repos; et, dans la traversée,
Tendant ses bras au port, l'œil au ciel, tombe et meure.

*Paulin Limayrac.*

Le dimanche 20 novembre 1407, il y eut grande édification pour les bourgeois et les bourgeoises de Paris : monseigneur Louis d'Orléans et monseigneur Jean de Bourgogne, parfaitement réconciliés, re-

çurent ensemble, sous les yeux du duc de
Berry, leur oncle, le corps et le sang de
Notre Seigneur Jésus - Christ dans l'église
des Augustins, où ils étaient allés entendre
la messe. Ce doux spectacle causa bien des
distractions aux dames et aux damoiselles
qui assistaient au divin sacrifice; et plus
d'une murmura des patenôtres sur son
chapelet à grains de corail au lieu de lire
la messe dans ses *heures à femme.*

A deux jours de là, c'était le mardi, le
duc de Berry donna aux deux ennemis
réconciliés un dîner splendide dans lequel
il montra, selon la convenance, un visage
festoyant ou noblement attendri.

— Beau cousin, dit le duc d'Orléans à
Jean-sans-Peur, j'ai vraiment regret à tout
ce que je vous ai fait de déplaisant jusqu'à
ce jour; mais, comme le dit le Fils de Dieu,

l'esprit de l'homme est prompt : ayons l'un pour l'autre l'affection qu'avaient votre noble père et le mien.

— Je ne veux plus avoir souvenance du passé, répondit le duc Jean ; aussi bien ai-je quelquefois eu tort.

— Laissons dormir tous ces méchefs, beaux neveux, interrompit le duc de Berry. A dire vrai, nous avons tous quelque vilaine page dans ce grand livre du passé. On est jeune, entraîné par les passions ; à quoi servirait-il de porter barbe grise et front chauve, si l'on n'était pas plus sage que devant? Mais vous voilà arrivés à l'époque où les folies ont tout-à-fait mauvais air, et vous allez besogner en hommes et non plus en enfants. Bourgogne, et toi, d'Orléans, ajouta-t-il en tendant la main à chacun d'eux, vous êtes nés la même année,

le même mois; n'est-ce pas comme si la
voix de Dieu vous disait de vous aimer en
frères? Jean, tu ne sauras jamais tout ce
que Louis a souffert quand tu étais prisonnier du Sarrasin. Si nécessité l'eût exigé,
il aurait engagé ses fiefs pour payer ta
rançon. Et toi, Louis, qui n'es pas moins
lettré que si tu avais passé ta vie à étudier
sur la paille de la docte université, tu dois
savoir ce que dit l'Évangile pour enseigner aux hommes comment ils doivent
s'aimer.

— Je pourrais faire bien des citations
à ce sujet, dit le duc; je me suis constamment nourri des Saintes-Écritures et je
les ai en grande estime.

— Pour moi, dit Jean-sans-Peur en
faisant un geste de mépris, je ne me sou-
cie guère de cette science des mots, je la

laisse aux gens qui mettent toute leur force dans leur langue.

— Là, là !... interrompit le duc de Berry, tu t'oublies, Jean.... Beau neveu d'Orléans est aussi brave que savant; c'est un jeune aigle qui saurait aussi bien que toi, mon ours, occire les coqs fanfarons de l'Angleterre, et les renvoyer dans leur poulailler moins emplumés et chantant un peu moins haut qu'à leur venue. Le bien dire n'exclut pas le bien faire.

— Je ne le nie pas, répondit le duc de Bourgogne; et je suis loin de jalouser mon cousin d'Orléans: son savoir est fort belle chose.

— Si tu veux que je te croie, Jean, débarrasse donc ta face de cet air de Judas; on dirait que tu vas livrer le Sauveur.

— C'est traiter bien mal votre pauvre neveu, Monseigneur mon oncle; et bien que
je ne sois ni votre vassal, ni votre serf, je
consens pour vous rassurer sur la droiture
de mes intentions à faire tout ce qui pourra vous complaire.

— De par Dieu! embrassez-vous donc !

Jean-sans-Peur et Louis d'Orléans s'em-
brassèrent avec une grande effusion.

— A notre bonne et éternelle amitié!
dit le duc d'Orléans en se levant une
coupe à la main. Que toute haine soit mise
à néant!

Le duc de Bourgogne se leva à son tour
et répéta les mêmes paroles.

— Beau cousin, reprit Louis en s'adressant au Bourguignon, vous et messeigneurs mes oncles viendrez dimanche

sceller la paix en mon hôtel; nous aurons bonne chère et ménestrels joyeux.

— J'accepte, dit Jean-sans-Peur d'une voix lente et creuse et en levant sur Louis un regard de profonde expression.

— Bien, s'écria le duc de Berry en ôtant sa toque et en l'agitant en signe de triomphe, car les paroles seules l'avaient frappé. Votre union réjouira nos cœurs et sera de bon augure pour les intérêts de notre cher pays de France. Depuis bien long-temps le peuple n'a pas jeté son cri de joie *Noël! Noël!* il le jettera en votre honneur, beaux neveux. Mon pauvre frère, le roi Charles, est tout content. Quand je lui ai dit que je comptais vous avoir tous deux à ma table, il en a presque pleuré de joie; et il m'a dit qu'il vous donnerait à son tour un dîner aussi magnifique que celui de

son sacre : ce dîner fut pourtant chose
merveilleuse. Ton noble père, Jean, mon
frère d'Anjou et moi nous étions assis loin
de Charles. De grands prélats siégeaient à
sa droite, et plusieurs seigneurs, montés
sur de hauts *destriers* tout parés de draps
d'or, servaient les nobles convives. Clisson
et La Trémouille avaient un air superbe
à cheval. Et à chaque nouveau service,
l'oreille était réjouie par le son des flûtes
et des hautbois. Le peuple ne fut pas
oublié, il eut sa part de la fête. A l'entre-
mets, vingt hérauts d'armes, superbement
étoffés et tenant chacun une coupe remplie de pièces d'or et de pièces d'argent,
firent tomber au milieu de la foule ébahie
une pluie d'or et d'argent en criant à haute
voix : Largesse du grand monarque (1)! Il

(1) Froissard.

y eut, comme bien vous pensez, maints *surcots* déchirés ; maints de ces pauvres manants froissés, meurtris, battus. N'importe, les bonnes gens n'en crièrent pas moins : Noël ! Noël ! Et la distribution des *livrées* aux chevaliers? je l'aimais beaucoup. Monseigneur mon père et les rois ses aïeux la faisaient deux fois par an. Comme tout a changé ! Mon cher frère Charles me disait hier : « Nous nous redon-
» nerons le plaisir de revoir ces nobles che-
» valiers avec des manteaux rouges fourrés
» d'hermine ou de *menu-vair* qu'ils devront
» à notre munificence. Que Dieu me
» prête vie et santé, je relèverai la gloire
» du trône. »

Le temps s'écoula ainsi pour le duc de Berry et ses neveux. Quand les deux cousins se quittèrent, ils se prirent la main

de nouveau et se la serrèrent avec cor-
dialité.

— A dimanche , dit Louis d'Orléans.

— A dimanche, répéta Jean de Bourgogne avec un sourire particulier.

# IV

## Le Fou couronné.

Beaucoup sont tombés comme moi
dans les abimes du désespoir. C'est un
monde immense, c'est comme un monde
des morts, qui se meut et s'agite sous le
monde des vivants.
*George Sand.*

Acteur chargé d'un rôle fastidieux,
esclave immolé sur l'arène au spectateur
impassible, n'apprendrai-je pas du moins
quelle est cette puissance qui eut besoin
de moi pour me sacrifier, qui me donna
des désirs pour m'imposer des regrets,
ou m'accorda la réflexion pour que je
connusse ma misère?
*De Sénancour.*

Nous sommes à l'hôtel de Saint-Pol (1).
Abandonnant à une curiosité toute de
science le soin d'analyser ce qui pouvait

(1) L'hôtel de Saint-Pol était situé le long de la rue Saint-
Antoine.

recommander la salle de Sens, celle de
Saint-Maur, la salle Verte, la salle de Thésée,
dont les murailles peintes retraçaient les
faits du héros d'Athènes, et bien d'autres
encore, nous nous attachons à une seule
pièce. Les fenêtres, doublement protégées
par des barreaux de fer et par un treillis
de fil d'archal, mettent les pigeons dans
l'impossibilité de venir souiller cette retraite. Des rayons de lumière coulent à
travers les vitraux chargés de peintures.
Cette lumière se divise : elle suit la ligne
architecturale des moulures, se brise sur
un angle, colore de ses reflets les ornements de l'immense cheminée, et les fleurs
de lis d'étain qui se détachent en relief sur
les poutres, les solives, le chambranle des
portes; ou bien encore elle glisse contre la
muraille peinte en briques, et vient mourir sur le plancher. Les chaises, que sou-

tiennent des piliers dorés et dont le haut est surmonté de figures d'animaux, sont placées çà et là. En poursuivant l'investigation commencée, on remarque une table qui déploie ses formes massives sur des pieds de lion dorés. Puis, c'est une immense cheminée que décorent des chevaux sculptés. Au fond de la chambre s'élève, sur une estrade couverte d'un tapis où brillaient naguère de vives et fraîches nuances, une couche qui pourrait recevoir à l'aise toute une famille, l'or et la soie qui la décorent ont perdu leur éclat; livrée par l'indifférence aux insectes et à la poussière, elle n'est plus qu'un souvenir.

Un homme, assis dans l'embrasure d'une croisée, en face d'une table, faisait bien vite oublier toutes les impressions reçues.

Quand une fois on avait vu cet homme,
il était impossible d'en détourner les yeux
sans effort; et pourtant une souffrance
aride, un malaise indéfinissable naissait
de cette contemplation : c'était comme
une torture imposée à l'âme. Chaque trait
de son visage se détachait profondément
sculpté sur un front livide, qu'animaient
de passagères lueurs, et surtout une contraction nerveuse dont on ne pouvait soutenir la vue sans fatigue. Quand ses traits
n'avaient pas l'inertie de la stupidité ou
l'égarement du désespoir; quand sa pau-
pière, alourdie par le malheur, se soule-
vait moins pesamment, il y avait dans son
regard une mélancolie si vraie, si pénétrante, qu'on se sentait ému d'une immense sympathie. Tout disait que l'existence de cet être avait complété toutes les
misères possibles. Un monde de douleurs

se révélait à vous. On avait besoin de distraire sa vue, de reposer son cœur et sa
pensée; et toujours une attraction indicible
ramenait à cet homme. Il y avait un accord mystérieux entre le damas noir et usé
qui enveloppait son corps et l'affreuse
maigreur qui faisait saillir ses os. Oh! cet
homme avait été frappé dans toutes ses
espérances!

De sa main gauche il soutenait son front,
de la droite il remuait doucemene des cartes éparpillées sur la table (1). Obéissant

(1) Un jeu de cartes était à cette époque bien loin d'être à
la portée des fortunes médiocres. La gravure sur bois, antérieure même à la gravure sur métal, n'ayant pas encore été
inventée, les cartes étaient peintes par de véritables artistes, et
avec une patience de goût et de perfection qui en a fait pour
nous de charmantes raretés.

La plupart des écrivains répètent à l'envi que les cartes
furent inventées pour amuser la folie de Charles VI. Des actes authentiques démentent cette version. Les cartes étaient
déjà connues sous Charles V.

à une impression subite, il saisit quelques
unes de ces cartes, les froissa avec rage et
les lança loin, bien loin de lui ; puis il se
cacha le visage et pleura à sanglots. Déjà
il n'était plus seul ; un homme debout sur
le seuil de la porte assistait à cette désola-
tion. Il fit quelques pas dans cette vaste
pièce. Plusieurs fois il s'arrêta, dominé par
sa pensée. Voulant s'y soustraire, échapper
à lui-même, il imagina de ne poser les
pieds sur aucune des lignes qui marquaient
l'assemblage des ais. Progressivement cette
misérable distraction lui réussit. D'abord
sa volonté avait été vague, puis elle devint
attentive et se concentra sur ce point unique : c'était à la fois risible et attristant.

Soudain il se trouva face à face avec le
témoin ignoré de ses sombres chagrins.
Leurs regards se rencontrèrent et demeu-

rèrent un moment attachés l'un à l'autre. Ce personnage, tout-à-fait inattendu, s'inclina avec les démonstrations d'un profond respect; alors celui que nous avons vu écrasé par le malheur, déploya un charme, une dignité de manières qui en faisaient un autre être. Sa tête se souleva imposante et gracieuse; il y imprima un léger mouvement, et dit avec la courtoisie d'un roi en bonne humeur :

— Vous êtes le bien-venu, beau cousin d'Armagnac.

L'entretien fut d'abord tout politique. Les misères de la France y trouvèrent leur place. Charles VI, car c'était lui, écoutait Bernard d'Armagnac avec une attention douloureuse et avide. Il secoua la tête et dit d'un accent pénétré :

— D'Armagnac, je pleure sur ma dégrada-

tion et sur les souffrances de mon peuple.
Dis, c'est pitié de voir ce beau royaume
de France gouverné par un fou. Triste fortune est la mienne ! Dieu, qui connaît le
secret des cœurs, me tiendra compte de
la pureté de mes intentions. Tout jeune,
j'avais pourtant pris ma belle part de la
victoire de Rosbec. Le fils du brasseur flamand Dartevelle voulait qu'on tuât tout
et qu'on n'épargnât que moi pour me faire
apprendre à parler flamand ; ce fut lui qui
mourut. Charles VI rêva un moment.....
Bernard, sais-tu quel était cet homme qui
effraya ton roi, qui en fit pour tous un
objet de risée ? Tu n'as pas oublié la forêt
du Mans. L'air était lourd comme au fort
de l'été! les pieds des chevaux soulevaient
une poussière qui séchait ma poitrine haletante ; et puis ma tête s'embrasait. J'avais
si chaud avec ce chaperon de velours !.....

Et j'étais indigné contre le duc de Bretagne qui avait fait assassiner mon brave Cril- lon, la fleur de la chevalerie. Mon règne est marqué en caractères de sang! Compte les meurtres avec moi.

Charles, la main droite fermée, leva d'abord un doigt et successivement les autres. A mesure que le nom d'une noble victime tombait de ses lèvres, d'Armagnac disait le chiffre.

— La mémoire se lasserait à les comp- ter, continua le roi d'un ton d'accable- ment. Que de pleurs! que de malédictions!.. Il doit se passer d'étranges choses, pendant ce qu'ils appellent mon *occupation* (1). Malheureux pays ! il honnit son roi. Oh !

(1) Les crises de folie de Charles VI avaient le nom poli d'*occupations*.

c'est trop juste ! j'expie cruellement ma fougueuse jeunesse........ Que te disais-je , Bernard?... ah! oui, cette pauvre Valentine, je l'aime bien : si bonne ! un si gracieux maintien! un si doux parler! Elle est plaisante à voir et à ouïr. Ses yeux ont souvent pleuré sur l'infortune du maudit : mon frère la néglige.

Toutes les idées de Charles VI devinrent confuses. Il porta la main à son front, comme pour y rassembler des souvenirs. Le comte d'Armagnac le regardait avec un air de compassion.

— Il me semble que je te demandais quelque chose..... C'est étrange ! les idées m'échappent ou bien elles se mêlent dans mon cerveau. Ah ! je sais : y a-t-il encore deux papes?

— Oui, Monseigneur, pour le malheur

de la chrétienté, Benoît XIII est toujours pape à Avignon.

—Quel est celui de Rome? J'ai oublié son nom. Toujours ma mémoire qui se perd!

— Grégoire XII, répondit le comte.

— Ah ! dit Charles en soupirant, ce schisme est affreux. Voilà bien long-temps qu'il dure.

— Vingt-neuf ans. Il a commencé en 1378 sous le règne de monseigneur le roi Charles V (1). Le scandale a été grand; et

(1) Urbain VII fut élu à Rome en 1378. La même année, un certain nombre de cardinaux, effrayés du caractère haineux et violent de ce nouveau chef de l'Église, élurent à Fondi, près de Naples, un autre pape, Clément VII, qui établit à Avignon le siége de sa souveraineté. Dès lors le sacré Collége de Rome élut successivement Boniface IX, Innocent VII, Grégoire XII. De son côté, le sacré Collége d'Avignon donna Benoît XIII pour successeur à Clément VII.

chaque fois qu'un pape rend son âme à Dieu,
ce scandale se renouvelle avec plus de force
encore. Pourtant c'est des papes qué doivent
nous venir les exemples de désintéresse-
ment et d'humilité. Tous font de merveil-
leuses promesses avant de s'asseoir dans
la chaire de Saint-Pierre; et nul d'entre eux
n'a encore trouvé que la puissance fût
d'assez peu de valeur pour la sacrifier à
la paix du monde.

— Bernard, dit Charles VI, les papes ont
comme les rois un juge placé bien haut
et qui prononce autrement que les hommes. N'oublie pas que tous les êtres appelés à gouverner les autres sont des êtres
élus du ciel et qui doivent être pris à part.
Tu me regardes, je te comprends. L'élu
qui est devant toi pourrait bien exciter
parfois la moquerie du dernier des serfs.

Que veux-tu? j'ai été frappé en un jour de colère, c'est moi que le Seigneur a choisi pour holocauste; c'est moi qui suis châtié et qui porte la peine des iniquités de mes égaux. Charles soupira. Chose singulière! *les physiciens* (1) n'ont pu guérir mon mal; ils m'ont pourtant bien fait souffrir.

Le comte d'Armagnac donna bientôt un cours tout différent aux idées du monarque. Ce fut avec gaieté que Charles VI parla de l'entrée de la reine Isabelle à Paris.

— C'était un dimanche; soucieux de voir quand les autres la dame de mes pensées, je montai en croupe derrière Savoisy sur un bon cheval; et nous voilà chevauchant et devisant tout le petit pas le long de la rue Saint-Antoine et de la rue Saint-

(1) Nom qu'on donnait alors aux médecins.

Denis, à travers grande foison de gens qui se
ruaient les uns sur les autres et criaient à
faire tomber en pâmoison. La rue Saint-
Denis était *couverte à ciel de draps came-
lots et de draps de soie;* toutes les maisons
se paraient de superbes étoffes, de tapisse-
ries où étaient figurées de belles histoires
des vieux temps; et chaque maison semblait avoir vie, tant il y avait de bras qui
s'allongeaient et de paires d'yeux qui dar-
daient aux croisées, sur les corniches et
partout où des corps de chrétiens avaient
pu se jucher. C'était beau! dit le roi avec
un geste d'admiration naïve. A la première
porte Saint-Denis, dans un ciel tout étoilé,
je vis de tout jeunes enfants qui chantaient
mélodieusement de saints cantiques. Te
rappelles-tu, Bernard, cette Notre-Dame et
son petit Jésus tant joli à voir, quand il
s'ébattait avec son moulinet fait d'une

grosse noix? Je m'arrêtai long-temps devant la fontaine de Saint-Denis. Il y avait
de jeunes et belles filles superbement ha-
billées, à la voix de syrène; elles offraient
aux passants dans des coupes d'or Clairet,
Hypocras et Piment, qui coulaient par
ruisseaux de la fontaine : tu n'as pas vu
de mines plus gracieuses, plus modestes et
plus avenantes (1).

— Et le pas d'armes de Saladin? dit
le comte, involontairement captivé; les chevaliers français et les chevaliers anglais,
montés sur des destriers fringants, s'y es-
crimèrent de belle façon. Et la seconde
porte de la rue Saint-Denis?

— C'est vrai, Bernard, je ne sais pas de
spectacle plus merveilleux. Dans un ciel
tout reluisant d'étoiles, Dieu séant en sa

(1) Froissard.

majesté le Père, le Fils et le Saint-Esprit;
et, tout à l'entour, de beaux petits anges
qui chantaient des airs si doux! et quand
passa la litière de ma reine, cette litière
tout éclatante d'or et de broderies, la
porte du paradis s'ouvrit tout-à-coup; et
deux anges en descendirent pour mettre
sur sa tête une couronne bellement or-
née de ces fines pierreries rouges, bleues,
jaunes, qui nous viennent d'Asie. Il y eut
plaisir pour tous, ajouta gaiement le roi,
de voir l'homme habillé en guise d'ange,
qui courait, comme sur un plancher, le
long de la corde attachée d'un côté à l'une
des hautes tours de Notre-Dame, et de
l'autre à une maison du Grand Pont de
Paris. On avait peur qu'il ne tombât dans la
rivière; lui, vaillant comme un homme
d'armes, chantait en portant de chaque
main un cierge ardent.

— Moi, dit le comte, j'aimais bien le cerf qui s'était élancé du petit bois pour combattre le lion et le vautour. Ce cerf, brandissant une épée et roulant des yeux menaçants, était curieux à voir (1)

— Oui, au Petit-Châtelet; mais toutes ces bêtes étaient de fabrication humaine. A propos de la place du Petit-Châtelet, sais-tu que le roi de France y fut vaillamment occis par les sergents à grands coups de *boulaie?* Je voulais voir; et une grêle d'horions me tomba sur les épaules, comme si j'eusse été le dernier des *manants.* Le soir je m'en divertis avec toute ma cour (2). Savoisy, dans cette affaire, s'était enroué à force de crier, et peut-être bien de rire : il était homme à me parer

(1) Froissard.
(2) — *Ibid.* —

d'un coup de poignard, mais non de semblables drôleries.

De souvenir en souvenir, Charles vint à parler du mardi. Quarante bourgeois de Paris, richement *étoffés*, lui avaient offert des présents au nom de sa bonne ville.

— Grande était ma curiosité de connaître le contenu d'une litière, couverte d'un voile soyeux et portée par deux hommes mis en *ordonnance de sauvage*. Juge de mon plaisir en voyant quatre trempoirs d'or, quatre pots d'or et six plats d'or (1). Ce fut de bon cœur que je leur dis : « Grand merci, bonnes gens, ils sont beaux et riches. » Madame Isabelle fut encore plus réjouie, il y avait aussi une litière pour elle. Des deux hommes qui

(1) Froissard.

portaient cette litière, pareillement voilée,
l'un avait la forme d'un ours, et l'autre
d'une licorne. Les vois-tu se dressant
gentiment sur deux pattes et faisant à ma
dame une humble révérence? Attends un
peu que je me souvienne de toutes les
merveilles qu'elle reçut !.. D'abord une
nef d'or, habilement ouvrée, deux salières
d'or, six trempoirs d'or, deux drageoirs
d'or, deux grands flaçons d'or,... Combien de pots d'or ?.... Je te l'ai dit souvent.

— Six pots d'or, s'il m'en souvient bien.

— Tu te trompes, je crois.

— Monseigneur veut-il que j'aille chercher les *Cronicques de Jehan Froissard ?*
tout cela y est bien détaillé.

—- Ah! oui, Bernard, ce pauvre Jehan
Froissard; il était surtout ébahi quand il
avait une plume à la main.

— Ou bien quand il chevauchait dans la campagne, s'enquérant de tous les manoirs et les châteaux qu'il trouvait sur sa route. Les beaux habits, la chasse, la bonne chère et les dames, le mettaient bien aussi de joyeuse humeur.

— Allons, allons, ne dis pas de mal de Jéhan. C'est dommage qu'il se fasse vieux; le voilà qui a septante ans et qui aime mieux les douceurs de la maison que les aventures des chemins. Si je redeviens bien portant, j'irai le surprendre à Chimay. Il m'oublie vraiment.

D'Armagnac sortit un moment, et reparut portant un lourd manuscrit. Charles VI, après l'avoir feuilleté avec une lente admiration, s'arrêta à une page. Le comte regardait par-dessus l'épaule de son maître. Il posa le doigt sur un passage :

— C'est bien, comme je disais, six pots d'or.

— Par ma foi! tu avais raison! s'écria Charles VI. Lis un peu, beau cousin, mes yeux sont en piteux état.

D'Armagnac lut tout haut : « Six pots » d'or, douze lampes d'argent, deux bas- » sins d'argent, six grands plats d'argent » et deux douzaines d'écuelles d'argent. »

— Et tout cela, remarqua le roi, était de fin or ou de fin argent, et merveilleusement ouvré.

Ce que Charles VI ne dit pas, c'est que le lendemain de ce mardi si plein de joyeusetés, un homme à cheval s'arrêta à chaque angle de rue, près de la croix de pierre de chaque carrefour; et après avoir jeté son cri aux bourgeois, manants et habitanis de Paris, il lut une ordonnance de ce roi, festoyé la veille, qui augmentait la gabelle.

— Parle-moi donc de mes pauvres épaules si rudement occises, reprit Charles VI ; et il riait aux éclats : cette gaieté faisait mal. La forêt du Mans lui revint à la pensée, alors son visage s'assombrit. Encore une fois, Bernard, quel était cet homme, ou plutôt ce fantôme, qui m'épouvanta de son apparition? Il s'élança de la forêt, son corps s'allongeait dans un suaire; il avait la tête et les pieds nus; sa main saisit la bride de mon cheval; sa voix rauque hurla à mon oreille ces paroles effrayantes : *Roi, ne chevauche pas plus avant; retourne, car tu es trahi* (1). Bernard, bien des images se sont effacées de ma mémoire; mais

(1) Le religieux de Saint-Denis.

toujours je vois les yeux dé cet homme
enfoncés dans les miens comme deux char-
bons ardents. Le jour, il inquiète mon
âme ; et la nuit, il passe dans mes rêves et
les remplit d'horreur. Oh ! ce démon,
qui l'avait envoyé? Ils m'ont dit que je
voulus blesser monsieur d'Orléans, mon
frère; je ne m'en suis jamais souvenu.
Seulement, il me semble entendre encore
le cri de mon oncle de Bourgogne : *Monseigneur est tout dévoyé ! Dieu ! qu'on le
prenne* (1)*!* Et l'on me lia, moi, fou couronné, et l'on me plaça sur une *charrette
à bœufs*, pour me conduire dans la ville
du Mans...... Ce pauvre peuple, il sait
que je lui veux du bien, car il m'a surnommé dans ma misère le *bien-aimé*. Le

---

(1) « Fuyez, beau neveu d'Orléans, cria le duc de Bourgogne,
» monseigneur veut vous occire! Haro! le grand meschef,
» monseigneur est tout dévoyé! Dieu, qu'on le prenne! »

roi demeura silencieux un moment; il prit
la main du comte, la serra avec force, et
lui dit bien bas : Quelquefois, je crains
d'être *envoûté* (1). Hier, j'avais le cœur en-
dolori comme si mille piqûres aiguës l'a-
vaient blessé, je sentais ma vie qui s'en allait. Un autre jour ma tête était meurtrie.
Suis-je *envoûté* en effet? dis-le moi, par
pitié !

— Vous ne l'êtes pas, cher sire, répondit le comte profondément navré.

— Mais ce spectre fatal de la forêt,

(1) Quand on voulait *envoûter* une personne, on faisait
fabriquer un corps d'argile ou de cire qui lui ressemblait, s'il
était possible ; on lui donnait le nom de son ennemi, le bap-
tême lui était administré. Des paroles, d'une puissance mystérieuse et empruntées du diable et des sorciers, identifiaient
tellement cette image avec l'être auquel on voulait nuire, que
chaque outrage, chaque blessure qu'on lui faisait, était immédiatement sentie par l'être vivant dont elle portait le nom.
Telle était la croyance de tous, fortifiée d'ailleurs par des juge-
ments et des supplices.

était-il sorti de terre? ou s'il était comme
nous un mortel, qui l'avait envoyé? tu
le sais, il faut me le dire; je veux le savoir
enfin!

— Elle, madame Isabelle, murmura
Bernard d'Armagnac!

— Vous vous trompez, Comte, Isabelle
m'aimait alors.

Le comte dit quelques mots. Un épou-
vantable changement se fit dans toute la
personne de Charles : ce fut affreux à voir.
D'Armagnac, subissant comme une puissance de fascination, attachait ses regards
épouvantés sur ce roi en délire. Tous les
muscles du malheureux étaient dans un
travail de contraction. Un ricanement
sortit de sa bouche hideusement ouverte :
il tourna sur lui-même avec rapidité; il
gémit, cria, tira de son cœur des accents

désolés. De ses bras, démesurément tendus,
il faisait des gestes furieux : le nom d'Isabelle sortit de sa poitrine comme un ru-
gissement; sa force était devenue formidable ; il brisa des meubles et se mit à rire
d'un air de satisfaction sauvage, comme
s'il eût terrassé un ennemi. Le duc d'Orléans entra en ce moment; le fou l'aperçut et courut sur lui en poussant des hur-
lements : tout-à-coup il s'arrêta.

— Voulez-vous me tuer? lui dit Louis
en le regardant en face, ne reconnaissez-
vous pas votre frère qui vous aime bien,
Charles?

Le fou baissa la tête et chanta d'une
voix dolente. On le coucha tout aussitôt;
d'Armagnac eut peur de son œuvre. Dès
ce jour *l'occupation* du roi recommença. Le
duc sortit plein de trouble : il rencontra

au bout de la rue Saint-Antoine le *clocheteur des trépassés*, vêtu de sa longue dal-
matique blanche, semée de têtes de mort
et de larmes noires, sa baguette noire à
la main. L'homme lugubre annonçait qu'un
être venait de quitter la vie en criant :
*Priez pour les trépassés!* Louis crut le
voir et l'entendre pour la première fois.

# V.

## Une soirée chez la reine Isabelle.

> Quand mes yeux se fixent sur les tiens, ta beauté enflamme mes sens, ton cœur attire le mien ; un charme visible, invisible, se répand autour de toi. Adorons cet éternel mystère.
>
> *Goëthe.*

> Celle qui n'a marqué sur la terre où elle passait, que comme un poids inutile, qui n'avançait qu'en déchirant toutes les faibles plantes semées devant ses pas, celle-là, le temps réparateur ne fermera pas ses yeux dans un doux sommeil, elle n'aura qu'une éternité agitée.
>
> *Clémence Robert.*

A quelques heures de son apparition à l'hôtel de Saint-Pol, le duc d'Orléans, vêtu d'une houppelande de damas noir fourrée de martre zibeline, suivi seulement de deux écuyers, montés sur le même cheval,

et de quatre ou cinq *varlets*, se rendit chez
la reine Isabelle qui était accouchée quelques jours auparavant à l'hôtel *Barbette*
d'un fils mort presque en naissant, après
avoir reçu le nom de Philippe. Le sourire
dont Isabelle avait paré son front à l'aspect du duc, fit place à un air sérieux et
même inquiet. Sa voix n'était pas sans
émotion quand elle dit :

— Pourquoi ce vêtement lugubre, Louis ?
Fait-il nuit dans votre âme quand vous
venez auprès d'Isabelle ?

— Ne savez-vous pas, mon amour, que
vous êtes toute ma joie ?

— Et pourtant la mélancolie ombre votre
figure. Voyez, je me suis faite belle pour
vous recevoir.

Isabelle disait vrai. Son sein, d'une forme

ravissante, ses épaules blanches comme le
duvet de l'eider, se développaient sous le
corsage de sa longue robe de velours noir.
Un heureux instinct de femme lui avait
fait rejeter ce jour-là le ridicule échafau-
dage qui dominait ordinairement la tête
des princesses et des grandes dames (1).
Ses beaux cheveux étaient disposés avec
simplicité. Une pâleur aimable adoucissait
la majesté impérieuse d'un regard qui
savait faire trembler quand l'amour n'y
régnait pas. Des inflexions indolentes et
légèrement railleuses sortaient de cette
bouche plus habituée au commandement
qu'à des paroles de cœur. En tout, elle

(1) Selon Juvénal des Ursins et Monstrelet, les cheveux
s'élevaient en pyramide *au milieu de deux cornes merveil-
leuses, béantes et larges;* et derrière flottait un voile brillant
et léger. Ce dernier chroniqueur dit qu'au temps de la reine
Isabelle de Bavière, on fut obligé d'élever et d'élargir les portes pour donner passage aux châtelaines.

était charmante; et loin de regretter les
diamants et les perles qui étincelaient ordinairement sur sa personne, on était dé-
sireux de ne lui en voir jamais. Une escarcelle brodée de fin or pendait à sa ceinture.
Ses deux mains blanches, où ne brillait
aucun anneau, pressèrent doucement la
tête inclinée de Louis; et d'une voix caressante elle lui demanda la cause de sa
tristesse.

— N'avons-nous pas perdu notre petit
Philippe? Je dois cacher ma souffrance à
des indifférents; mais à toi, je puis bien
la montrer, Isabelle. Hélas! le grand prophète Isaïe l'a dit : « Tous les mortels ne
sont que de l'herbe. » Et le vénérable Job
avait dit avant lui, en parlant de l'homme
né de la femme : « Ses jours sont mélancoliques; sa vie est comme un souffle qui

s'éteint, comme une ombre qui s'efface. »

— Écoutez, Louis, moi qui avais porté cet enfant dans mon sein, qui mille fois avais senti ses doux mouvements ; moi qui l'avais aimé avant de le connaître, j'ai fait taire ma douleur pour ne pas vous affliger ; je me suis dit que Dieu aurait pu me rendre bien plus misérable s'il vous avait ravi à mon amour.

Louis déposa sur le front de la reine un baiser empreint de passion et de tristesse ; ce fut avec une gravité religieuse qu'il dit :

— Cet enfant avait été conçu dans l'iniquité. Je n'étais pas votre Adam, vous n'étiez pas mon Ève ; c'est pour cela qu'il n'a pas vécu.

— Catherine mourra donc (1)? s'écria
Isabelle, pour cette fois avec des accents
de mère. Et son œil épouvanté cherchait
à deviner la pensée de Louis.

— Non, non, Isabelle, espérons qu'elle
vivra heureuse et respectée. Je doterai richement un monastère, pour obtenir en
sa faveur la miséricorde de Dieu : nous
l'avons bien offensé.

— Salomon était le bâtard de David,
répliqua Isabelle, et pourtant Dieu le choi-
sit entre ses frères pour régner sur son
peuple.

— David n'avait péché qu'une fois, Madame. Ce fut d'un ton pieusement sévère

(1) Catherine épousa depuis lors Henri V, roi d'Angleterre,
auquel Isabelle livra la France.

que le duc ajouta : Ne faisons pas servir
les saintes Ecritures à justifier nos égare-
ments.

— Vous êtes, monsieur d'Orléans, d'une
bien maussade compagnie. Quelle fantaisie
vous a-t-il pris de me chagriner? Vrai, j'ai
de l'humeur contre vous. C'est à moi d'é-
taler ces sombres ennuis, c'est à moi de
maudire avec le Job que vous admirez, la
nuit qui m'a vue naître. Oh! oui, Louis,
je me dis souvent que Dieu m'aurait fait
une grande faveur de m'ôter la vie après
que j'ai eu reçu le premier baiser de ma
mère. Sans toi, la France me semblerait
un exil. Que suis-je à ce peuple? une étrangère qu'il exècre, qu'il maudit chaque
jour! Au surplus, je ne suis pas en reste
avec lui. Lassée de ses affronts, de sa rage
impuissante, je me liguerais, je crois, avec

l'Anglais, pour l'écraser d'un coup. C'est
grand'pitié que ma destinée !... Mesdames
les Parques ont employé dans la trame de
mes jours plus de laine noire que d'or et
de soie. Quelle ironie !... moi la femme d'un
fou !... Tenez, Louis, je me sens des mouvements de haine contre Charles, contre
les enfants qu'il m'a donnés. Ses cris sont
ceux d'une bête féroce; et, quand je les
entends, j'ai besoin de tout mon courage
pour ne pas y répondre par des cris de
détresse et d'horreur. Jamais de sa part
une parole qui console, qui soulage les
ennuis de l'âme. Si j'avais été aimée, mes
joies seraient pures; des mépris ont répondu à mon affection. Vous m'avez
témoigné de l'intérêt, Louis, cet intérêt m'a perdue. J'en avais tant besoin !... Ah ! vous ne savez pas où peut
conduire une souffrance continue et privée

d'espoir : elle vous livre au démon. Ce Charles, je l'ai bien aimé... J'étais fière de sa beauté, heureuse de tout ce qu'il promettait de noble et de bon. Comme nous changeons !

— Vous changerez aussi pour moi, Isabelle.

— Non, entre nous c'est à la mort. Mais quittons nos airs larmoyants; allons, monsieur, notre majesté veut être égayée... A quoi s'est occupée votre seigneurie aujourd'hui? avez-vous joué à croix-ou-pile, à la paume, aux cartes; vidé l'escarcelle de quelque duchesse?

— Non, madame.

— Qu'avez-vous donc fait?

— J'ai vu mon oncle de Berry.

— Ah ! il se réjouit de votre réconciliation avec le Bourguignon. Qu'elle soit du-
rable, Louis, si vous m'aimez !

— Si jamais il y a rupture, je vous jure
qu'elle ne viendra pas de moi.

— Jean paraît sincère ; il doit être d'ailleurs bien las de guerroyer.

— Il se montre humble et doux envers
messeigneurs mes oncles.

— Humble et doux, ce n'est guère dans
son caractère. Que peut-il méditer ? Nous
l'étudierons. N'avez-vous vu personne autre ? Le duc, par délicatesse de cœur, garda
le silence sur sa visite au roi. Isabelle reprit : Quels sont vos projets pour ce soir ?

— Je n'en ai point quand je viens te voir,
Isabelle.

— Vous souperez avec moi, et nous verrons à vous défaire de vos airs piteux : ils ne seraient pas autres si vous alliez faire votre testament.

— Il est fait, Madame, depuis quatre ans au moins.

— Vous m'en avez fait mystère. Et que dit ce testament ?

— Mon Dieu, Madame, parlons d'autre chose.

— Non, je serais curieuse de savoir ce que vous y avez mis.

Le duc la satisfit :

— J'étais triste, malade, bien effrayé du compte terrible que j'aurais à rendre à mon Dieu, si je paraissais devant lui sans avoir réglé les intérêts de la terre et les

intérêts du ciel ; j'ordonnai que mes dettes
fussent scrupuleusement payées, je fon-
dai six bourses au collége de l'Ave-Maria ;
j'ordonnai aussi qu'on érigeât plusieurs
chapelles dans les églises de Paris que j'af-
fectionne, et même dans les treize églises que
les religieux célestins possèdent en France ;
les pauvres et les hôpitaux n'étaient pas
oubliés. Désirant expier les erreurs de ma
vie, je demandai que mon corps, revêtu
de la robe des Célestins, fût porté dans
leur église sur une claie couverte de cen-
dre, et déposé avec cet habit dans son
dernier asile.

— Et votre figure de marbre devait
être étendue sur votre tombeau ?

— En habit religieux, oui.

— Ce testament ressemble à tous les

autres. Vous avez fait comme font tous les
hommes; ils jouissent pendant leur courte
existence, et ils lèguent aux leurs l'expiation de leurs fautes. Que ne pensiez-vous
à ces pauvres écoliers de l'Université, qui
s'asseient plus souvent sur de la paille brisée et fangeuse que sur de la paille fraîche!
L'éloquence des docteurs n'est pas toujours de nature à les ravir au ciel. Toutes
les fois que je suis entrée dans le sanc-
tuaire de la science, j'ai cru me trouver
au milieu de pourceaux. C'est chose risible de voir trôner les maîtres au milieu de
ces bêtes paisibles ou enthousiastes, con-
fondues pêle-mêle sur cette paille; les unes
y achèvent leurs rêves de la nuit, et les
autres, follement passionnées, ne voient
rien au-delà de la conception d'un livre.

— Merci, Isabelle, je penserai à ce que

vous venez de me dire. Oui, des nattes leur seraient bien nécessaires. Il n'y a éga· lement ni chaises ni bancs dans les églises; mais la paille est souvent renouvelée, et dans les grandes fêtes on jonche le sol d'herbes odoriférantes.

— Au fait, reprit Isabelle, je ne sais trop pourquoi je me suis inquiétée de ces écoliers; la plupart sont des mendiants sans vergogne, qui vous étourdissent de leurs criailleries, et qui puent la misère. J'aime presque autant entendre braire les marchands de chair fraîche, de poires d'angoisse, de prunelles, de fruits d'églan- tier, de verjus, et même ceux qui s'offrent de bonne grâce à raccommoder la *cotte* ou le *surcot*. Maintenant, mon amour, il faut que je vous gronde bien fort. Que signi- fiait cette vilaine pensée de vous faire moine après votre mort?

— J'ai tant de fautes à me reprocher!

— Si tu continues, je me croirai en compagnie de ce sot de Louis VII.

Le sérieux du duc imposant à Isabelle, elle reprit :

—Et vos enfants, à qui les confiiez-vous ?

— A mon oncle de Bourgogne : il n'aurait pas abusé de ce dépôt.

— Je le crois comme vous. Philippe le-Hardi avait une âme : c'est peut-être ce qui manque à son fils.

Le jour baissait, Isabelle abandonna sa *chaise pliante,* remarquable, comme toutes celles qui meublaient sa chambre, par la grâce et la richesse des ornements. Le siége, en cuir vermeil de Cordoue, était embelli d'une longue frange d'or. Des

sculptures, d'un fini délicat et toutes do-
rées, se détachaient en relief sur le fond
rouge du dossier et de l'extrémité des bras.
Elle s'approcha de la fenêtre, chargée de
peintures, et pria le duc de l'ouvrir.

— Mon Dieu! dit l'impressionnable
reine, que la nuit est sombre!

Tous deux, silencieux et rêveurs, re-
gardaient le ciel, où passaient des nuages
lourds, et où la lune apparaissait de temps
en temps blafarde et solitaire. Mais à
peine sa faible lueur avait-elle éclairé un
point de l'horizon, qu'un nuage la voilait
soudain ; et c'était avec une émotion d'enfant que la reine de France et le premier
prince du sang attendaient qu'un petit
point lumineux leur fît pressentir la réap-
parition de l'astre. Isabelle fit un mouvement de joie : elle venait d'apercevoir une

tachè blanche, c'était une étoile qui commençait à poindre.

— Vous m'avez attristée, dit-elle au
duc; j'aurais besoin d'une nuit sereine.
Oh! qu'un beau ciel est doux à l'âme! Je
devais vivre en Italie, en Espagne, partout
ailleurs que sous ce soleil pâle et sombre
de Paris. Mais riez donc de nous voir tous
deux ébahis en présence des étoiles qui
se lèvent. Elle détourna ses regards du
ciel. Ne vous semble-t-il pas, Louis, que
cette chambre est peuplée de noirs fantô-
mes? En voilà qui glissent devant les mi-
roirs. C'est la lune qui sème ses caprices;
ils pourraient être plus gracieux. Ma couche me semble un tombeau.

Et de sa main elle désignait un lit de
velours rouge, orné de franges d'or, dont
la riche couverture était tissée d'or et de

soie pourpre. Ce lit, large de onze pieds
et long de douze, déployait sa magnificence sur une estrade dont les marches
étaient couvertes d'un riche tapis. Un dais,
orné de touffes de plumes blanches d'Au-
truche, surmontait cette couche de reine (1).

— Ce serait un tombeau qu'on pourrait vous envier, dit le duc avec un sourire gracieusement triste. Et vous n'en êtes
pas sérieusement effrayée.

— Encore ! s'écria Isabelle d'un ton
d'impatience.

A un coup de sifflet de la reine, des pages, portant des flambeaux, s'empressè-
rent d'accourir. Ils précédèrent Isabelle et
Louis, qui traversèrent, sans changer d'at-
mosphère, deux pièces où étaient placés

(1) Les lits qui n'avaient que cinq à six pieds de longueur
étaient appelés *couchettes*.

des *chauffe-doux* (1), et entrèrent dans une salle brillamment éclairée.

C'eût été pour de pauvres *vilains*, occupés à teiller le chanvre dans les longues soirées d'hiver, le sujet de bien des causeries, s'ils avaient pu voir cette salle à manger avec ses lambris, ses moulures et ses rosaces de bois précieux, et son pavé de marbre couvert d'une natte où l'on voyait des tournois et force exploits d'aventureux chevaliers; mais tout s'effaçait devant les *dressoirs* et la table. Les *dressoirs*, formés de gradins, sur lesquels on voyait étalés des coupes ciselées, enrichies de pierreries et d'un prix inestimable; des flacons, des *drageoirs* (2), des bassins

(1) Les chauffe-doux étaient des poêles.

(2) Les drageoirs étaient de formes diverses, et divisés dans l'intérieur en compartiments dont chacun avait une friandise différente.

non moins éblouissants et non moins ad-
mirablement travaillés. L'un de ces *dressoirs* se parait de la vaisselle d'argent, et
l'autre de la vaisselle d'or. La table dérobait la délicatesse de ses mosaïques sous
une nappe appelée alors *doublier*, toute
semée de dessins à jours et couverte de
plats, d'assiettes et de vases d'or. Deux
bancs à panneaux, où saillaient des sala-
mandres et diverses figures d'oiseaux et
de quadrupèdes, étaient placés aux deux
côtés de la table. Et ces lumières, et ce
luxe d'or, d'argent et de pierreries, se re-
flétaient dans le miroir de Venise qui déco-
rait l'immense cheminée. Le duc d'Orléans
s'assit en face de la reine. Insensiblement
la tristesse d'Isabelle fit place à une gaieté
moqueuse et charmante, qui changea
bientôt aussi l'humeur de Louis. Condamné, par la forme de son vêtement, à

laisser ensevelies les gracieuses proportions de son corps et l'élégance de sa taille,
il s'en dédommagea par l'éclat et l'heureux à-propos de ses saillies.

— Il faut, dit la reine, que vous soyez
tout en satin broché d'or et en velours,
quand vous reviendrez nous visiter. Point
de babouches carrées surtout. Nous sommes toujours affolée des *poulaines*, vous
en mettrez. Celles que vous aviez au ma-
riage de ma fille Isabelle (1) étaient tout-
à-fait de bon goût. Jean-sans-Peur jetait
des regards, qu'il aurait bien voulu rendre
dédaigneux, sur la chaîne de fines pierreries qui relevait la pointe de cette fes-
toyante chaussure et l'attachait à votre

(1) Isabelle fut d'abord mariée à Richard II, roi d'Angleterre ; et après la mort violente de ce prince, au fils aîné de
Louis d'Orléans.

genou. Sa louve, Marguerite, dit avec aigreur, que la figure grimaçante du nain
qui ornait cette pointe, longue de deux
pieds au moins, était bien ce qu'on pouvait imaginer de plus hideux, et qu'il fallait une portion peu commune d'extrava-
gance pour se montrer avec de tels
affiquets. Elle ajouta que les évêques devraient bien lancer de nouvelles excom-
munications contre les souliers à la *pou-*
*laine*, justement appelés péché contre
nature.

— Quel déchaînement ont excité ces
pauvres poulaines ! s'écria le duc d'Orléans. Monseigneur mon père, Charles V,
avait déclaré qu'elles étaient contre les
*bonnes mœurs* et *inventées en dérision du*
*Créateur*; les moines les qualifiaient de
*poulaines maudites de Dieu.*

— Vous verrez qu'on leur intentera
quelque méchant procès et qu'on les fera
exécuter par la main du bourreau, comme
on fait d'un cochon, convaincu d'avoir
mangé un enfant.

Le duc rit beaucoup.

— Quand j'aurai occasion, dit-il, de visiter madame de Bourgogne, je me pré-
senterai à elle les pieds dans des *poulaines*
à grelots.

— Mieux vaudrait encore qu'elles fussent décorées de la figure de Jean avec les
cornes et les griffes de monseigneur
Satan.

—L'un n'exclut pas l'autre : Jean pourrait avoir les grelots aux oreilles.

Tout en causant ainsi, Isabelle, de ses
doigts rosés et mignons, prenait les mor-

ceaux sur son assiette, et les portait à sa
bouche avec une adresse si délicate, qu'elle
n'engluait pas ses doigts, et qu'elle avait
rarement besoin de les essuyer au *doublier :* alors on ne se servait pas de serviette à table et l'on ignorait l'usage des
fourchettes. Les pages n'avaient pas moins
de dextérité à servir la reine et monseigneur ; et c'était chose plaisante à voir que
les ébattements qu'ils prenaient en pas-
sant devant les *varlets* qui, debout et immobiles dans le fond de la salle, tenaient
des flambeaux éblouissants de lumière.

— Que deviennent les lois somptuaires?
s'écria gravement le duc en parcourant
de l'œil les mets variés qui couvraient la
table, et en portant à ses lèvres une coupe
d'hypocras.

— Les lois sont pour les faibles et pour

les sots, répondit la reine. *Nul*, avait dit
Philippe - le - Bel, *ne donnera au grand
magnier que deux mets et un potage au
lard sans fraude.* Et le cher roi fut le plus
grand dépensier de son temps.

Cela dit, Isabelle prit un drageoir en or
ciselé avec un art que n'aurait pas désa-
voué Cellini, et dont chaque comparti-
ment offrait une variété de friandises :
dragées au genièvre, dragées à l'anis, sucre
perlé, coriandre, fenouil confit, cotignac
musqué. Le duc prit du fenouil et du cotignac; la reine eut les mêmes goûts. Tout
en mangeant des dragées, Louis conta
une petite drôlerie, antérieure au quin-
zième siècle.

— C'était dans le saint temps de carême;
une femme qui avait marché nu-pieds à
la procession et qui avait coutume de

crier misère et de faire la *marmiteuse plus
que dix*, rentra dans son logis et prépara
joyeux festin. Vous l'eussiez vue, en face
de son doux ami, dîner d'un quartier d'a-
gneau et d'un jambon. Ils devisaient fort
gentiment ensemble, ne se doutant guère
que Vergogne allait cheoir sur eux. La
senteur du dîner passa dans la rue. Grand
fut le scandale ! On monta dans la cham-
brette; et malgré le visage larmoyant et
les angoisses de la pauvre mécréante, on la
condamna à se *promener dans la ville avec
son quartier d'agneau embroché sur l'é-
paule et le jambon pendu au col* (1). Ce
qui fut exécuté au grand déplaisir de l'amou-
reux qui se tenait coi et sans mot dire
dans un petit coin de la chambre.

Isabelle, que le merveilleux charmait,

(1) Brantôme.

donna des souvenirs à quelques unes de ses croyances natales. Après avoir caressé de la voix son *papegaut* (1) que venait d'apporter la gentille Yolande, elle dit :

— Nous avons des nains issus de race fée, qui sont comme les dieux domestiques des maisons où ils s'établissent; les uns rendent mille services aimables, les autres se montrent fort tracassiers. Écoute, Louis, une des histoires que ma nourrice me contait, quand elle me voyait bien douce et bien avenante, assise sur une escabelle et les yeux dans les siens. Un pauvre *vilain* qui ne pouvait se bien vêtir, se bien chausser, avait chez lui plusieurs de ces esprits. D'abord il s'amusa de leurs joyeusetés, et il ne manquait jamais de leur mettre du lait sous la table quand il dînait. Les nains

(1) Perroquet.

aidaient à la vieille servante à faire le mé-
nage. S'ils étaient de bonne humeur, tout
allait bien : on se mirait au plancher et sur
les meubles de noyer bien cirés ; mais s'ils
étaient en colère, ils faisaient grand tapage,
de méchantes paroles et de méchante besogne. Plus d'une fois, le *vilain* avait trouvé
sa vaisselle brisée, son jardin tout nu ,
les rossignols envolés; son unique vache
malade et sans lait; et ses gélines les plus
chéries, les plus familières , celles qui faisaient le plus d'œufs, le cou tordu dans son
préau. L'air piteux du pauvre homme faisait
rire les mauvais démons. Enfin, las de tous
ces méchefs, il se décida une nuit à partir le
surlendemain au petit point du jour, sans
rien dire à ses hôtes, leur laissant la maison
vide et tout entière à eux. Ce fut à tout petit
bruit qu'il chargea ses meubles sur un
chariot et qu'il se mit en chemin. La

servante était allée, dès la veille, préparer
la nouvelle habitation.

Il marchait bien triste, le cœur bien an-
goissé; voilà qu'il entend du bruit et puis
une voix; il se retourne, et aperçoit, sur le
chariot derrière la baratte, un petit bon-
net rouge; et tout aussitôt un nain avance
sa petite tête et lui crie d'un ton amical :
*Nous aussi, nous déménageons.* Qui fut
éploré? ce fut le pauvre sire. Il laissa
tomber ses bras de consternation autant
que de surprise. Sentant bien qu'il ne pouvait pas échapper à ces démons, il retourna
dans le logis qu'il avait abandonné; et les
méfaits devinrent tels, qu'il mourut de
chagrin avant que le printemps eût fait
reverdir son pré et son jardin. La reine
fit encore de ces récits merveilleux repro-
duits de nos jours (1).

(1) X. Marmier nous a donné des légendes allemandes d'une

— C'est ravissement de vous écouter,
dit le duc; j'y passerais les jours et encore
les nuits.

— Pour remercier monsieur Louis de
son tant joli compliment, dit Isabelle avec
un sourire enchanteur, je vais lui faire
servir de *l'eau dorée*.

A un signe de la reine, un beau page apporta deux flacons : l'un de vin de Bourgogne et l'autre *d'eau dorée*, faite avec de
l'or pur, distillé dans l'eau de fontaine. Le
duc y mêla du vin de Bourgogne; et après
avoir savouré cette liqueur précieuse, il
rappela que monseigneur Charles V, son
père, en faisait usage journalier d'après le
conseil des alchimistes et des physiciens,

naïveté bien attachante. Henri Heine a mis aux siennes sa
verve moqueuse et spirituelle.

qui la prisaient comme ayant la vertu de prolonger la vie.

— Monseigneur Charles V est pourtant sorti vite de ce monde, remarqua Isabelle.

— Oubliez-vous que le mécréant Charles de Navarre l'avait empoisonné? Jeune encore, mon noble père était devenu chauve comme un blanc vieillard; il avait perdu les poils du menton, ses ongles étaient tombés, et sa face allait toujours s'amaigrissant. Ce ne fut qu'à force de soins qu'il obtint quelques années; encore fut-il presque toujours souffrant et mélancolique. Je le vois encore.

Quand Isabelle et Louis d'Orléans eurent soupé, ils se rincèrent les doigts avec de l'eau de roses tiède dans une aiguière d'or, les essuyèrent à une serviette; et ils

s'approchèrent de la cheminée où étaient
sculptés deux lions, et dont les énormes
chenets en fer ouvré figuraient des monstres ailés (1). La conversation continua.
Isabelle n'avait pas encore abordé la vie
sous ses faces les plus déshonorantes, il
restait à son âme quelque chose des douces
qualités de la femme. Dans un moment
de tendresse heureuse, Louis lui mit un
anneau d'or au doigt.

— Est-ce l'anneau de *dame Vénus* (2)?
demanda Isabelle.

— Qu'ajouterait-il à ta beauté? ré-

(1) La reine avait à l'hôtel de Saint-Pol des chenets en fer
ouvré qui pesaient 198 livres.

(2) Ulrich de Lichteinstein, troubadour allemand du xiv<sup>e</sup> siècle, prit la fantaisie de courir quelque temps le monde en
chevalier errant. « Après avoir fait part de son projet à sa
» dame, dit M. Ampère, dans des pages éminemment spiri-
» tuelles sur la chevalerie, Ulrich part, comme pour aller en

pondit galamment le duc; n'est-elle pas
tout ce que le cœur et les yeux peuvent
jamais désirer qu'elle soit? A te voir, qui ne
dirait avec le poète de Berte : *Ele est plus
gracieuse que n'est la rose en may*(1)? Non,
l'anneau ne pourrait rien pour Isabelle.

Tous deux faisaient allusion à Ulrich
de Lichteinstein qui donnait à chaque chevalier avec lequel il brisait une lance, un

» pèlerinage à Rome. Il s'arrête à Venise, se fait faire des ha-
» bits de femme, prend le nom de *dame Vénus*, et annonce
» qu'en l'honneur des dames et pour montrer ce qu'on doit
» faire pour elles, il ira de Mestre jusqu'en Bohème en défiant
» tous les chevaliers qu'il rencontrera. Ceux qui rompront une
» lance avec *dame Vénus*, recevront d'elle un anneau qui ren-
» dra toujours plus belle celle à qui il sera donné. Si *dame*
» *Vénus* renverse un chevalier, celui-ci s'inclinera vers les
» quatre points cardinaux en l'honneur d'une dame. Si un
» chevalier renverse *dame Vénus*, il aura tous les chevaux
» qu'elle conduit avec elle. »

J.-J. Ampère. Revue des deux Mondes.

(1) *Berte aus grans piés.* Roman en vers d'Adenès , poète
de la fin du xiiie siècle.

anneau de vertu magique : cet anneau rendait toujours plus belle celle qui le pos· sédait.

—. Les beaux temps de la chevalerie s'en vont, dit la reine; ce n'est guère au ser- vice de la patrie et des dames que les hom- mes vaillants consacrent maintenant leurs armes, c'est à de folles convoitises. Ma gentille cour d'amour n'est déjà plus qu'un souvenir (1). Les vrais chevaliers devien- nent de jour en jour plus rares. C'en était un cet Ulrich de Lichteinstein qui brisa trois cent sept lances dans sa course ga- lante !

— Je me sentirais capable de sa bra- voure, dit le duc, mais je ne voudrais pas

(1) Isabelle avait institué une cour d'amour judiciaire. On y voyait des seigneurs de tous rangs, des docteurs en théologie, des abbés, des chanoines.

comme lui me donner des airs de femme.

— Vous n'êtes qu'un dédaigneux. Voyez de quels honneurs l'entouraient les dames, comme elles le festoyaient partout.

— Oui, je sais qu'il y en eut deux cents qui lui firent une belle escorte à l'église, que l'une d'elles porta la queue de la robe de *dame Vénus*, que toutes prièrent la Vierge et les Saints en sa faveur.

— Et qu'il sut bien dire : *Depuis j'ai eu à cause de cela beaucoup d'honneur, car Dieu ne peut rien refuser aux nobles dames.* Vous auriez besoin, Louis, de relire tout ce que *dame Vénus* a écrit; moi j'y ai passé bien des veillées, et je ne m'en suis jamais lassée.

Bientôt ils cessèrent de s'occuper de ceux qui n'étaient plus. Isabelle s'abandonna

voluptueuse et brûlante de désirs, aux
caresses passionnées de Louis. Pendant
que le duc entachait son honneur sur le
sein de la femme de son frère, la haine
marchait à son but. Un espion, attaché
aux pas de Louis, l'avait suivi jusqu'à l'hôtel Barbette; il s'était ensuite hâté d'aller
rendre compte à Jean - sans - Peur de sa
mission. Ce dernier, après une toilette
mystérieuse et prompte, avait immédiatement couru à la maison de l'Image de Notre-Dame.

— Sire d'Ocquetonville est-il prêt? demanda Jean.

— Tout prêt, Monseigneur.

— Il faut envoyer Scas de Courte-Heuse
à l'hôtel Barbette, demander le mécréant
de la part du roi. Dans cette rue, devant
cette maison, vous lui ôterez l'envie, sire

d'Ocquetonville, de peupler les palais de ses bâtards. La France est assez riche maintenant en trésors de cette espèce. Les folles femmes lui donneront des larmes, et les autres se réjouiront d'apprendre que leur honneur n'est plus à la merci de cet impudent couard.

A mesure que le duc parlait, une joie féroce éclairait le visage de Raoul d'Oc-quetonville. Il partit avec la vivacité du vautour affamé qui s'abat sur une proie.

Isabelle et Louis avaient repris une causerie toute d'amour, quand un valet de chambre du roi, Scas de Courte-Heuse, se présenta inopinément devant le duc d'Orléans.

— Que me veux-tu? demanda Louis étonné.

—Monseigneur, répondit Courte-Heuse en faisant une humble révérence, Sa Majesté a hâte de vous parler pour chose qui la touche grandement ainsi que vous.

— Ta langue s'est-elle gelée en route, remarqua le duc, que tu bégaies ni plus ni moins qu'un enfant au sein de sa nourrice? Sur mon âme, tu as reçu quelques horions en chemin, car tu trembles de tous tes membres, et tu es pâle comme un trépassé.

— Une soirée de novembre n'est pas chaude, Monseigneur, répondit le messager; j'ai froid. Mais notre cher sire vous attend.

En ce moment le couvre-feu sonna; il était huit heures. Louis quitta Isabelle.

# VI.

## L'expiation forcée.

Vivre, ce serait être Dieu. Eclair, qui
embrasez le monde et ne faites que passer, vous êtes tout le destin de l'homme :
vous attestez sa grandeur et sa faiblesse.

*N. A. de Salvandy.*

Tous nos hiers n'ont travaillé, les
imbéciles , qu'à nous abréger le chemin
de la mort.

*Shakspeare.*

Louis d'Orléans chevauchait sur sa mule,
précédé de quatre ou cinq varlets qui portaient des torches, et suivi de deux écuyers
montés sur le même cheval. La nuit était
sombre : une tranquillité morne régnait

dans la Vieille rue du Temple, où l'on
n'entendait pas bruire une voix, où nul
être ne se mouvait; elle se trouvait déserte. La plupart des maisons étaient déjà
fermées, et c'était à peine si l'on aperce-
vait de la lumière dans celles qui ne l'é-
taient pas encore. Le duc jouait avec
son gant, et chantait sur un air joyeux
quelques verselets du *Roman de la Rose*.
C'était d'abord le portrait de dame *Oyseuse*
avec

> La gorgete ot autresi blanche
> Cum est la noif desus la branche
> Quant il a freschement negié.

Puis c'était l'amant qui *merciait* doucement la *gente et belle* dame, et lui demandait son nom, et qui elle était :

> Je me fais apeler Oyseuse,
> Dist-ele, à tous mes congnoissants;
> Si suis riche fame et poissans.
> S'ai d'une chose moult bon tens,
> Car à nules riens je ne pens

Qu'à moi joer et solacier,
Et mon chief pignier et trecier :
Quant sui pignée et atornée,
Adonc est fete ma jornée (1).

Il passait devant l'hôtel du maréchal de
Rieux, lorsqu'il aperçut des masses noires
et mobiles qui se détachaient de la maison appelée l'Image de Notre-Dame, et
qui s'avançaient vers lui. Le cheval que
montaient les deux écuyers les emporta
subitement : dix-huit ou vingt hommes
armés assaillirent Louis.

— Qu'est ceci? d'où vient cela? s'écria-
t-il tout étourdi. Je suis le duc d'Orléans (2).

Un cri de rage insolente répondit à cette
déclaration :

(1) Guillaume de Lorris.
(2) Juvénal des Ursins. Le religieux de Saint-Denis. Le Laboureur. Monstrelet. Barante.

— C'est ce que nous demandons (1)!

En un clin d'œil, il fut renversé de sa mule; et, à genoux dans la boue, il essaya de faire face à ses assassins. Un d'eux, plus acharné que tous, déchargea sur le bras du prince un coup de hache si terrible, qu'il en sépara la main. Il se plaça immédiatement devant Louis, et montra à ses regards, pleins de stupeur, la figure atroce de celui qu'il avait offensé, Raoul d'Ocquetonville; puis il lui asséna un autre coup sur le front. Le duc chancela et tomba renversé. Les masses, les épées, les haches décrivirent de nouveau dans l'air des lignes étincelantes et rapides, et semèrent sous les yeux de la victime d'affreux éblouissements; chaque coup faisait cou-

(1) Juvénal des Ursins. Le religieux de Saint-Denis. Le Laboureur. Monstrelet. Barante.

ler un ruisseau de sang, un silence de
mort présidait à l'œuvre de destruction.
Les varlets s'enfuirent éperdus. Un Flamand, Jacob, resta seul pour défendre le
duc. De ses bras, il tâchait d'écarter les
meurtriers, il couvrait de son corps le
corps sanglant de son maître; et, frémissant de l'inutilité de son dévouement, il
se relevait tout-à-coup, et criait d'une voix
que le désespoir rendait à la fois terrible
et suppliante: — C'est monseigneur le duc
d'Orléans! Une femme ouvrit sa fenêtre et
avança la tête sur cette scène d'horreur:
— Au meurtre! au meurtre! cria-t-elle
épouvantée. — Taisez-vous, mauvaise
femme! lui répondirent les assassins avec
des grincements de rage. Voulant mettre
obstacle à tout secours humain, plusieurs
ajustèrent les fenêtres qui s'ouvraient, et
y lancèrent une grêle de flèches. Toutes

les fenêtres se baissèrent aussitôt, et le cri
solitaire de Jacob se mêla seul aux gémis-
sements du mourant. Jacob, percé de
coups, expira enfin en jetant aux assassins
son dernier cri de fidélité : — Haro! monseigneur mon maître (1)!

Raoul s'inclina vers le duc, lui murmura
le nom de Jean-sans-Peur et de Marguerite de Hainault, et lui déchargea un troisième coup sur la tête; la cervelle du
malheureux s'élança de son front et alla
palpiter sur le pavé. Il avait vécu. Alors un
homme de haute stature, dont un chaperon
écarlate, à bourrelet, dérobait les traits (2),
et qui était resté spectateur de cette tra-

(1) Juvénal des Ursins.
(2) Le chaperon était une espèce de capuchon terminé en
pointe par derrière. Celui des nobles était en velours et surmonté d'un bourrelet; celui des gens du peuple était en drap
et formait une pointe sur la tête.

gédie, s'avança une lanterne à la main, la promena sur le cadavre, en projeta la pâle lueur sur la figure, et dit tout haut avec un calme atroce :—Éteignez tout, et allons-nous-en ; il est mort.

Les meurtriers prirent la fuite ; les uns se ruaient à pied, les autres à cheval. A peine se furent-ils mis en devoir de s'éloigner, que des tourbillons de fumée qui s'élancèrent de la maison, justifièrent le cri sinistre qu'ils jetaient en s'éloignant : Au feu! au feu! Et ils semaient derrière eux des chausse-trapes de fer. On eût dit une troupe de démons.

A onze heures, Isabelle fut éveillée en sursaut par la voix sépulcrale du *clocheteur des trépassés*. De sa baguette noire, il frappait aux portes. Jamais les paroles funè-bres : *Réveillez-vous, gens qui dormez, et*

*priez pour les trépassés*, n'avaient épouvanté la reine comme cette nuit. Et pourtant il répétait ces mêmes paroles toutes
les nuits et à des heures que les légendes
peuplaient de mystères sanglants et d'ap-
paritions. Isabelle se sentit inondée d'une
sueur de glace : — Qu'est-ce donc? se dit-
elle, je tremble. Il se fit dans l'hôtel un
mouvement extraordinaire. Une des femmes de la reine accourut pâle et saisie d'horreur.

— Monseigneur le duc d'Orléans a été
assassiné à cent pas d'ici!

— Ah!..... Yolande pleurait. Où? Comment?

Et la reine, incapable d'entendre les dé-
tails, voyait les meubles se remuer, danser
dans sa chambre; et les chevaliers se dé-
tacher furieux de la tapisserie pour se li-

vrer des combats de mort. Dans l'égarement de ses sens, elle entendait le bruit
des lances qui se heurtaient; les coups re-
tombaient sur son cœur et la faisaient
mourir.

— A l'hôtel Saint-Pol! cria-t-elle enfin;
j'ai peur ici!

Elle courut se réfugier sous la protection de cet époux, si long-temps abandonné, si constamment trahi.

Le vendredi, le roi de Sicile, le duc de
Berry, le duc de Bourgogne et le duc de
Bourbon, vêtus en grand deuil, et les yeux
pleins de larmes, portèrent à l'église des
Célestins le corps mutilé de Louis d'Orléans. Qui avait commis le meurtre? Cette
question terrible se trouvait dans tous les
regards, sous les dehors même les plus af-

fectueux. On ne s'accusait pas, mais on se
méfiait mutuellement les uns des autres. Le
prévôt, d'après les traces des assassins,
soupçonna l'hôtel d'Artois de leur avoir
donné asile (1).

— Si j'avais permission, dit-il à ces
Grands consternés, d'entrer dans tous les
hôtels des serviteurs du roi, et même des
princes, je pourrais découvrir les auteurs
ou les complices.

Il obtint cette permission et sortit.

« Qui peut trouver la perdrix dans le
» nid du vautour, a dit le grand tragique
» de l'Angleterre, et ne pas imaginer com-
» ment est mort l'oiseau, quoique sur le
» bec du vautour qui s'envole, ne paraisse
» aucune trace de sang?»

(1) L'hôtel d'Artois était, comme nous l'avons dit, l'hôtel des
ducs de Bourgogne.

Jean-sans-Peur se sentit effrayé de la recherche qu'allait faire le prévôt. Il changea de visage et devint pensif. Ses yeux n'avaient plus leur audace accoutumée.

— Mon cousin, dit le roi de Sicile qui avait surpris cet indice du crime, en sauriez-vous quelque chose? Vous n'avez pas votre air ordinaire.

— Oui, répondit le duc à voix basse; le diable m'a tenté et surpris, et j'ai ordonné ce meurtre (1).

— Je perds mes deux neveux! s'écria le duc de Berry en laissant tomber sa tête blanche sur sa poitrine.

Et il venait de communier avec lui! semblaient dire les regards épouvantés de ceux

(1) Juvénal des Ursins. Le religieux de Saint-Denis. Monstrelet. Barante.

qui avaient écouté l'horrible confidence.
Jean-sans-Peur s'éloigna, la pâleur de la
honte sur le front.

La nuit de l'assassin fut une veille singulièrement agitée. Après l'aveu que lui
avait arraché, ce qu'il appelait un mouvement de couardise, sa situation était difficile. Ses oncles savaient qu'il était le
meurtrier, tout Paris le saurait bientôt à
son tour. Les princes se croiraient en droit
de le fatiguer de questions, et de piteuses
et inutiles remontrances; les bourgeois
baisseraient les yeux ou fuiraient à son aspect, et la canaille le poursuivrait de ses
huées comme un chien qui a la rage. Un
éclat de rire sardonique tonna sur ses lèvres; on eût dit le diable en gaieté. Puis
il se donna le spectacle des deux personnages qu'il pourrait jouer : il laissa tomber

ses bras le long de son corps, immobilisa
ses traits, regarda humblement la terre,
et imita successivement le dire et les gestes
de ses nobles parents. Ce fut surtout le
duc de Berry, avec ses allures de vieux
pécheur mal converti encore, et que Satan
et les anges se disputaient à l'envi. Jean
secoua la tête et dit non au rôle de patient
que lui destinaient ces hauts moralistes.
Peu s'en fallut qu'il n'entrât sérieusement
en colère quand il voulut essayer de l'autre.

— Sang-Dieu ! s'écria-t-il, j'en ai des
sueurs de dégoût! Ce serait à écraser cette
race criarde comme fit le vaillant Samson.
Non! oh, non! dit-il en secouant son
front et en l'armant d'audace, je ne serai pas la bête maudite, je serai Jean-
sans-Peur! Demain, je veux qu'ils s'éton-
nent tous, et plus tard ils trembleront.
Mon oncle de Berry, ne vous larmoyez plus,

vous n'aurez point à rougir de votre beau neveu Jean de Bourgogne. Qu'on fouette un chien, il court la queue entre les jambes ou bien il lèche la main ; qu'on fasse peur au peuple, il se met à genoux. Aujourd'hui ce bon peuple de France s'apitoie sur monseigneur d'Orléans ; demain je lui montrerai les dents, il exaltera Bourgogne !

Dans la journée suivante, le duc Jean, fidèle à la promesse qu'il s'était faite, dit impudemment aux princes assemblés à l'hôtel de Nesle :

— Afin qu'on n'accuse personne de la mort du duc d'Orléans, je déclare que c'est moi et nul autre qui ai fait faire ce qui a été fait (1).

Et le jour même il quitta Paris.

(1) Juvénal des Ursins Le religieux de Saint-Denis. Monstrelet, Barante.

# VII.

## Les Petits.

Bergers, bergers, le loup n'a tort
Que quand il n'est pas le plus fort :
Voulez-vous qu'il vive en ermite?
*La Fontaine.*

— Si je vois des gens bien mis, j'en
vois beaucoup dont les vêtements annoncent une mortifiante détresse.

— Ne voudriez-vous pas que tout le
monde fût dans l'aisance? Par qui seraient servis ceux qui ont su se créer
une belle fortune?
*Mlle Virginie de Sénancour.*

Le 10 décembre de la même année 1407,
un char couvert de drap noir, traîné par
quatre chevaux blancs et escorté par les
princes du sang, parcourut quelques rues
de Paris et déposa à l'hôtel de Saint-Pol

une famille en deuil : Valentine de Milan,
Jean, le plus jeune de ses fils, Marguerite
sa fille, Isabelle de France, veuve de
Richard II, roi d'Angleterre, et remariée
au jeune duc d'Orléans. L'épouse désolée
venait demander vengeance au roi. Charles VI mêla ses larmes à celles de Valentine,
il lui dit que sa vue lui angoissait le cœur,
et d'autres paroles non moins affectueu-
ses ; ce fut tout. Le peuple avait stupidement vociféré contre elle des malédictions.

A quelque temps de là, il n'était bruit
dans Paris que de monseigneur de Bourgogne et de l'Italienne. Nous mêlant à un
groupe animé, qui s'était formé le matin
sur la porte de maître Pierre Lendrin, honorable marchand drapier de la rue Saint-
Martin, nous apprendrons que Jean-sans-
Peur avait reparu à Paris, où, non content

de défier la haine de Valentine, il faisait parade de son crime.

— Comment va le fameux procès ? demanda le bonnetier, maître André Sorel, en ôtant son chapeau pointu à maître Lendrin, son compère.

— Mal pour l'Italienne. Le saint moine Jean Petit a prouvé que notre cher Sire doit des remerciements à monseigneur de Bourgogne (1). Le d'Orléans avait commis des crimes dont le récit suffirait pour faire blanchir les poils de la tête. Il avait commerce avec les sorciers ; et le diable n'est pas loin de cette sorte de gens.

— Non, dit maître André. Nous avons dû

(1) Le cordelier Jean Petit essaya en effet de prouver que le duc de Bourgogne avait, par l'assassinat du duc d'Orléans, rendu à la France et au roi un service digne d'éloges.

au d'Orléans de fameuses tailles tout de même. Pour mon compte, je ne suis pas bien fâché que le *rabot* ait râclé le *bâton.* Est-il vrai, compère, que le duc Jean se soit fait bâtir dans son hôtel une chambre toute en pierre de taille terminée par des mâchecoulis et qui est sans fenêtre, et où il s'enferme toutes les nuits pour n'en sortir que le matin (1)?

— On dit vrai, répondit le drapier. Il a pourtant une mine à ne craindre personne. La seule chose qui me fasse peine, c'est que madame la reine a emmené par-delà le fleuve de la Loire notre cher Sire et ses enfants. Il me semble qu'elle n'avait rien à craindre, monseigneur de Bourgogne est plein de bons vouloirs pour la France.

— J'ai moins de confiance que vous, dit

(1) Le religieux de Saint-Denis. Monstrelet

un maître fourreur, Jacques Allard. Il faut
bien que le duc Jean abonde en belles
promesses pour grossir son parti. Nous
n'avons qu'une chose à faire, nous autres
bourgeois, c'est de nous tenir tranquilles
et de ne pas nous mêler de ce qui se passe
dans les palais. Qu'y gagnerions-nous?
beaucoup de perte de temps et d'écus et
des horions encore. D'Orléans ou Bourgogne; Bourgogne ou d'Orléans, c'est toujours un maître qui ne prendrait guère
souci de nous, si nous n'avions pas d'argent à lui donner : ses aises passent avant
les nôtres.

— Peut-être avez-vous raison, maître
Allard, dit le drapier, que le bon sens trouvait assez docile.

— Ah! pensa tout haut maître André,
c'était un bon temps que celui où notre

cher Sire, à l'imitation du roi Charles V,
faisait de belles plantations dans son jardin du Champ-au-Plâtre à l'hôtel de Saint-
Pol. J'ai vu vendre, il y a bien des années,
sur le Pont-au-Change, trois cents gerbes
de rosiers blancs et rouges, cent pommiers
communs, cent cinquante pruniers, un
millier de cerisiers, et des oignons de lis
et des lauriers verts. Mon vieux père, que
Dieu le bénisse comme devant! fournit
douze pommiers du paradis et cent quinze
entes de poiriers (1).

Une troupe de bateleurs, qui faisaient
force mines et disaient force drôleries en
faisant des gambades de singes, coupa
court aux souvenirs de maître André. Un
cercle se forma autour des acteurs ambu-

(1) Sauval.

lants ; et comme la curiosité est de tous les rangs, de nobles époux qui chevauchaient en croupe sur un beau cheval, des dames et des damoiselles qui s'avançaient dans des *coches ronds à deux personnes*, s'arrêtèrent aussi pour jouir de ce spectacle.

Ce que maître André avait encore à dire, c'est que dans les jardins ou *préaux* des rois de France, on foulait aux pieds la lavande, le thym, le serpolet ; c'est que fraises, pois, fèves, choux, croissaient à côté des plantes d'agrément, et à l'ombre des haies, des arbustes parés de fleurs et des grands arbres à fruits. Il aurait eu beaucoup à dire également sur les pigeons et les gelines nourris dans l'enclos des palais pour être servis sur la table des rois (1).

(1) Sauval.

Ce fut du grand schisme qu'il s'avisa de parler.

— Vous qui lisez comme un clerc, maître Allard , que pensez-vous des trois papes qu'on nous a donnés (1)? Nous ne manquerons ni de bulles ni d'indul-gences.

— N'en parlez pas avec cet esprit léger, maître André Sorel ; c'est une grande afflic-tion pour notre sainte mère l'Église et pour tous ses enfants. Priez madame la Vierge et son divin fils que cet état de choses cesse bientôt.

Maître Allard ayant été appelé dans sa

(1) Cette année, 1408, les deux sacrés Colléges de Rome et d'Avignon, prenant en considération le désordre que répan-dait le schisme papal en Europe, élurent un autre chef de l'Eglise, Alexandre V. Malgré cet acte, qui semblait devoir être décisif pour l'ordre, les deux autres papes, Grégoire XII à Rome et Benoit XIII à Avignon, n'en gardèrent pas moins leur titre et leur suprématie : le mal n'avait fait que s'accroître.

boutique, les deux autres bourgeois se reprirent à de folles espérances en la justice et l'affection du duc Jean, et ils maudirent l'Italienne, comme ils appelaient cette gracieuse Valentine. N'était-ce pas elle qui avait ensorcelé Charles *le bien-aimé?* Et, dit maître Sorel, j'ai ouï dire par des gens dignes de foi, qu'elle a une chambre, en façon d'écurie, toute remplie de gros chats noirs, sur lesquels elle monte à cheval pour se rendre au sabbat, ce qui est de meilleur air qu'un manche à balai. Et, ce qui n'est pas un méfait moins abominable, elle va deviser et courir les champs aux lueurs de la lune avec des loups-garous. Bertrand Perrin a entendu sa voix une nuit qu'il traversait un bois sombre plein de bruits et de démons.

— Quel bois?

— Bertrand n'a jamais pu le retrouver

en plein jour, et il n'en parle pas sans faire
le signe de la croix.

— Et vous, digne maître Sorel, vous
devriez ne pas trop ébruiter ces choses-là.
Le diable n'aime guère qu'on s'affaire de
lui, et c'est un rude maître.

Il se fit tout-à-coup un grand mouvement à l'issue d'une rue voisine. On voyait
accourir des gens de tout âge et de tout sexe.
Les vêtements usés des écoliers, les rires
et les sarcasmes qu'ils jetaient aux *vilains*,
et, plus encore, les vives œillades dont ils
gratifiaient les jolies filles, suffisaient de
reste pour les faire distinguer. Des pas
d'hommes, de chevaux, des cris modulés
sur tous les tons, se confondaient dans un
bruit qui allait toujours en s'élargissant.
Aux croisées, sur les portes des boutiques,
pyramidaient des milliers de têtes.

Le nom de monseigneur de Bourgogne
volait de bouche en bouche. Des sergents,
armés de bâtons, appelés *boulaies*, frap-
paient à droite, à gauche, dans toutes les
directions, pour frayer un passage à l'al-
tier Jean-sans-Peur, qui s'avançait monté
sur un cheval au poil noir et luisant. La
foule se ruait, s'entassait éperdue sur deux
lignes, sans que ses regards perdissent de
vue monseigneur de Bourgogne et sa formidable escorte.

Noël! noël! criaient ces pauvres êtres.
Le duc affecta de la grâce : il avait besoin
de ce peuple; et de tout temps ce peuple
s'est montré facile à l'enthousiasme.

— Monseigneur de Bourgogne a tout-à-
fait bon air à cheval, remarqua maître
Lendrin. Il porterait bellement la couronne
de roi. Je dis cette parole sans vouloir man-

quer de fidélité à monseigneur Charles VI
que j'aime de toute mon âme.

Maître André et maître Lendrin ôtèrent
leur chapeau en signe de respect

# VIII.

## Rien ne m'est plus. Plus ne m'est rien.

Oh! ne puis-je étouffer les vains bruits de la vie!
    Éloigner son calice amer,
Fuir cette route obscure où je suis asservie,
Pour des aspects plus doux, un horizon plus clair!

*Madame Amable Tastu.*

Je conçois que les yeux se lassent de
voir, les oreilles d'écouter, l'esprit de
connaître, la mémoire de retenir; mais
non pas que le cœur puisse jamais se
lasser d'aimer.

*Poterlet j.*

Que faisait cette Valentine si méconnue
dans ses vertus de cœur? Elle se mourait.
Un poëte, de pensée tendre et prompte à la
lumière, dit : «Bien souvent on croit que c'en
» est fait des belles années et de leurs dons.

» On se dépouille, on se couche au cercueil,
» on se pleure : puis le rayon venu, on re-
» naît, le cœur fleurit et s'étonne lui-même
» de ces fleurs faciles et de ces gazons qui
» couvrent le sépulcre des douleurs d'hier.
» Chaque printemps qui reparaît est une
» jeunesse que nous offre la nature, et par
» laquelle elle revient tenter notre puis-
» sance de jouir et notre capacité pour le
»bonheur: y trop résister, n'est pas sage (1).»
Ce qui est vrai pour la plupart des êtres,
ne le fut pas pour Valentine. De jeunes
et beaux soleils brillèrent en vain; son
cœur resta dévasté et sombre, les rosées
printanières ne le fécondèrent pas, nul
sentiment heureux ne put y refleurir. Une
devise naïve et touchante exprimait son
grand deuil : **Rien ne m'est plus. Plus ne
m'est rien.** Souvent, dans son accablante

(1) Sainte-Beuve.

douleur, elle faisait de longues prières, les
genoux nus sur la pierre froide ; ses repas,
bien tristes, étaient interrompus par ses
larmes : la vie lui pesait chaque jour da-
vantage. Déjà frappée au cœur par la mort
de Louis, elle l'était encore dans sa haute
fierté : ne savait-elle pas les calomnies qui
souillaient à la fois ses mérites si purs de
femme et de chrétienne? Et Jean de Bourgogne qui étalait des joies impudentes
et féroces!..... Un seul besoin subsistait
dans son cœur; il y subsistait amer, puissant et implacable ; c'était le besoin de
la vengeance ; elle en avait fait sa seconde
religion. Irait - elle rejoindre Louis sans
lui dire : Ton lâche assassin a péri? En ces
temps, on portait au ciel les passions de
la terre ; on ne comprenait que difficile-
ment une nature différente de la nature
possédée et connue.

Un jour, elle sentit que l'existence allait finir pour elle; ses enfants l'entourèrent. Ce fut d'une voix morne et profondément dé solée qu'elle se mit à leur faire ses adieux de mort. Tout-à-coup, son pâle visage s'anima d'une étincelle de vie; elle venait d'arrêter son regard sur le fils illégitime de Louis.

— Jean, lui dit-elle, n'oublie pas la nuit du 23 novembre, n'oublie pas que la veuve du duc d'Orléans s'est prosternée en vain aux genoux du roi et du dauphin, pour obtenir justice contre le meurtrier de son époux. Le peuple a sifflé comme sur une folle créature en me voyant dans les rues. C'est à toi que je lègue mes sombres en- nuis, car nul des miens n'est aussi bien taillé à venger la mort de son père. Vous pleurez, dit-elle à ses trois fils; il s'agit bien de larmes! c'est du sang qu'il faut.

Mais non, l'assassin vous jettera un mot de merci; et, fils indignes, vous aurez la lâcheté de pardonner, vous serrerez la main du bourreau de votre père!.....Ne protestez pas contre cette accusation, je vous connais bien... Jean, souviens-toi que celle qui t'aima d'un amour de mère, meurt à trente-huit ans, dévorée par le chagrin : elle compte sur toi, elle y compte fermement ; ne trompe pas son légitime espoir. L'enfant leva la main, comme pour prendre le ciel à témoin de sa pieuse colère. Valentine lui sourit. Tu sens les maux faits à ta race; c'est bien, mon fils. Aidée d'une volonté forte, elle se dressa imposante sur son lit : Je te bénis, sois fidèle au vœu de Valentine mourante! Haine implacable au Bourguignon!

Elle mourut.

Une farce politique fut donnée en spectacle à la France. L'avocat de Jean-sans-
Peur sollicita le roi de tenir en sa bonne
grâce monseigneur de Bourgogne. Le duc
dit : — De ce je vous prie. Alors le dauphin, le duc de Berry, le roi de Sicile et le
roi de Navarre se mirent à genoux devant
Charles le *Bien-Aimé*, pour appuyer la sup-
plique. Le roi se garda bien de se montrer
sévère.— Beau cousin, dit-il au meurtrier,
nous vous accordons votre requête et nous
vous pardonnons tout. L'avocat intercéda
auprès des princes d'Orléans.—De ce je vous
prie, dit encore Jean-sans-Peur, qui se prêtait avec une froideur effrontée au rôle pris
dans cette bouffonnerie. Si les fils de Valentine avaient osé le regarder, ils auraient
trouvé bien du mépris sur son visage, un
dégoût bien prononcé pour eux. Ils pardon-
nèrent, non en chrétiens, mais en êtres

sans cœur. Jean n'eut pas l'air surpris. Il restait aux jeunes princes bien de la honte à
subir. Une gaieté insolente et railleuse
éclaira le visage de l'assassin, quand les fils
de Louis d'Orléans et lui jurèrent sur le
missel que la réconciliation était sincère.
Il s'éloigna bruyant, ironique et le front
haut, comme un comédien qui a bien
joué son rôle; les offensés, au contraire,
avaient un air de souffrance et d'embarras
qui faisait peine à voir.

Valentine, vous étiez bien dans votre
tombeau.

### FIN.

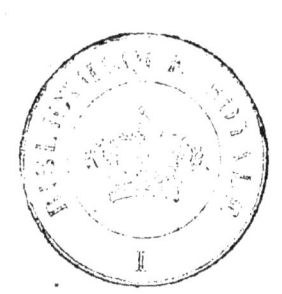

# TABLE

## DU DEUXIEME VOLUME.

# Prochaines Publications.

---

## Alfred Michiels.
EXCURSIONS EN ALLEMAGNE. . . 2 VOL.

---

## Edouard Foucauld.
DE PLUS EN PLUS FOU. . . . . 2 VOL.

---

## Molé—Gentilhomme.
MARIANA. . . . . . . . . . . 2 VOL.

---

## Madame Flora Tristan.
MÉPRIS. . . . . . . . . . . 2 VOL.